亦

舒

作

品

亦舒

- 作品 -

11

天若有情

湖南文艺出版社

博集天卷

天若有情

目录

天若有情 09

壹·

只有最轻浮及肤浅的人，
才会去查根问底，揭人家隐私，
硬是要知道究竟底细，还佯装关心。

二〇二〇年，大都会。

卜求真不相信她会活到这个年纪。

少年时她认为三十岁是人生极限，壮年时又觉得人到五十，万事皆休，可是她安然度过大限，一直活一直活，活得不知多好，直到二〇二〇年。

豁达爽朗如她，都已经不大肯提到年龄。

别误会，她非常享受人生，每天为自己安排丰富节目，每个钟头都不虚度，她完全知道时间去了何处，只是惆怅时间过得太快。

想到此际，求真会得意地耸耸肩，"快乐不知时日过呵，总比度日如年的好。"

　　头发已经斑白，可是剪得很短，皮肤尚可，但笑起来眉梢眼角均有皱纹，身段保养极佳，不过长期伏案写作，职业病，背脊略见佝偻。

　　看上去并不像个小老太太，现代人不知是可喜还是可悲，从前，过了四十就名正言顺做中年人，还有，五十一到，自称老人家也无所谓，可是到了今天，许多人年近花甲还扮精神奕奕，求真认为这是一种心理负累。

　　不过，她一个人怎么力挽狂澜呢？随着潮流，她亦参加了专科医生办的健康班，借助药物，试图压抑衰老内分泌。

　　她已自报馆退休，自由写作，因薄有积蓄，生活得不错。

　　结过两次婚，一次和平分手，一次比较激动，求真一直没有得到丰盛的、异性的爱，但她不予计较，一个人的生命中，总有遗憾，这不过是最低限度的损失，她在工作上的成绩，足以弥补一切不足。

　　乐观也是她看上去比较年轻的主要原因。

　　这件事发生的时候，她站在豪华游轮皇家威京号的甲板上。

　　船正驶往阿拉斯加，采取内湾航线，沿途观赏冰川奇景。

求真约了人。

多年的老朋友了。

退休后他怕冷，到处觅地方落脚，一次途经波拉波拉，一眼就爱上那地方，买一间木屋，住下来，没动过。

拨一拨手指数一数，已经好些年了。

上个月，求真自图书馆回来，接到一张传真："想同你见个面，小郭，琦琦。"

求真大乐，难得由他主动找她。

于是她同他开玩笑，"地点由我选，"知道他怕冷，"我们去游冰川。"

她所尊敬的小郭先生却无异议。"好，不过地点与时间由我选择。"

她挑了这艘船，挑了五月的某一天。

上了船已有两日一夜，小郭先生却尚未露面，求真也不去催他，只管听其自然。

这是一种尊重。

朋友要躲起来，想静一静，让他失踪一段时期好了，他自有分寸，闭关日期一过，必定自动出现，千万不要运用交情去逼他出来见人。

只有最轻浮及肤浅的人，才会去查根问底，揭人家隐私，硬是要知道究竟底细，还佯装关心。

求真当然不是一个无聊的人。

小郭没同她通音信，少说有十年，但他仍是她最钦佩的朋友之一，他一有消息，她立刻回应。

她懂得尊重人。

故此人家也尊重她。

她伏在甲板上看冰川，在庞大的千年玄冰底下，乘载一千游客的大轮船只得芝麻大小。

无论现代科学多么进步，同大自然比，仍然小巫见大巫。

"求真。"有人在背后叫她。

求真认得这个声音，她欣喜地转过头去。

她看到一个精神奕奕的老人，穿着电毡式发热长大衣，帽檐压在眉毛上。

"求真。"他的语气也一样高兴。

"小郭先生，你来了。"

"求真，你一点都没变。"

"唉，小郭先生，你认识我那年，我才二十五岁，怎会不变？"

"是吗，有那么久了吗？此刻的你看上去，也不过是壮年人而已。"

求真咧开嘴笑，逢人减寿，明知是最古老的哄撮术，但听了一样高兴。

"你也是呀，小郭先生，老当益壮。"

"我？我已耄耋，我不行了。"

但是他双目炯炯有神，仍然嬉皮笑脸，求真觉得小郭仍是小郭。

"我们到里头去叙旧。"

"不急，求真，稍等一会儿。"

"什么事？"

"你且慢回头，只管与我说话，然后，你可以不经意地看看左舷那对男女。"

求真忍不住"嗤"一声笑出来。

没想到过了那么久的退休隐居生活，小郭仍然没忘记他是一个私家侦探。

"有啥好笑？"小郭瞪她一眼。

求真连忙说："我在想，现在您老地位尊贵，德高望重，仍叫小郭，未免唐突。"

小郭却说："我乐意一辈子做小郭，你管我一百岁还是两百岁。"

求真莞尔，她知道他还没到一百岁，小郭先生今年八十岁左右。

求真一边闲谈，一边轻轻侧过头瞄向左舷。

她又笑了起来。

那边一排帆布椅子，张张都空着，哪里有人？

小郭亦转过头去，"呀，他们进去了。"

求真不由得问："小郭先生，你现在还在办案子？"

"不，我早就结束营业，优哉游哉。"

"那，你为何追踪这一对男女？"

"兴趣。"他摊摊手。

求真许久没有这样开心，她忍不住又笑。

"卜求真，你那爱笑的毛病始终不改。"

"爱笑是毛病吗？小郭先生，余不敢苟同。"

小郭悻悻然，"怪不得你可以青春常驻。"

"小郭先生，我们的交情几达半个世纪，到了今天，或许你可以把大名告诉我，以便称呼。"

小郭狡狯地笑，"我姓小名郭，你一向知道。"

求真明知他仍然不想披露真名，却笑道："说穿了，不外是叫家明或是国栋，更可能叫长庚，或许是锦辉。"

小郭知道这是激将法，只说："都是好名字，亏你想得出来。"

求真自知并非小郭对手，便转变话题，"小郭先生，琦琦呢？"

"在船舱里。"

"不打算见我？"

"当然要见你。"

"还不带我去？"

"跟我来。"

求真忽然唐突冒失地问："你俩有没有结婚？"

小郭停住脚步，转过头来，"卜求真，多年不见，我总以为你那女张飞脾气会收敛一点，我又一次失望了。"

求真问："你还没回答我的问题。"

小郭看着求真，"你说到什么地方去了，琦琦是我最好的拍档，我们像兄弟姐妹一样，怎么会扯到婚姻上头去。"

"可是，你肯定爱她。"

"那自然，不过，我也爱你呀。"

求真立刻抓到痛脚，"那不行，我俩年纪相差太远，家母会反对。"

小郭立刻接上去，"家父也不见得会赞成。"

然后他们相视大笑。

求真跟着小郭到头等舱第十三室敲门。

他向求真挤挤眼，"我住三等舱。"

里头有人应："进来。"

那声音轻且软，正是记忆中琦琦的声音。

说也奇怪，这一对伙伴，求真认识他们多年，但是她从不知道小郭的名，以及琦琦的姓。

此时小郭忽然对求真说："你见到琦琦最好有个心理准备。"

求真一怔。

从事写作的她，多心是职业病。

她第一个想到的，便是琦琦生过一场病，健康大不如前，此刻可能坐在轮椅上了。

还有，她也许做过手术，要用义肢。

求真心中打个突，恻然。

她不由得摸摸手臂，感谢上帝，她身体非常健康。

求真轻轻推开舱门，"琦琦，卜求真来了。"

她看到船舱套房的小客厅中坐着一个女郎，背对着他们。

女郎长发束起，穿件老式织锦旗袍，身段佳妙，背后看去，肩丰腰窄，像一个 V 字。

这是谁?

求真咳嗽一声，扬声，"琦琦——"她怕她耳朵有点不大好。

谁知那背对着他们的女郎骤然转过身来，"求真，我在这里。"

求真猛然与她打一个照面，呆住，吓得往后退。

琦琦!

不错，她正是琦琦。

记忆中，琦琦比求真大几岁，可是此刻的琦琦，看上去只得二十余岁，脸容光洁无比，五官秀丽，正是当年卜求真第二次见到她的模样。

求真先是呆呆看着她芙蓉般的笑脸，忽然之间鼻子酸了，双眼润湿，想到当年她自己何尝不是个标致女郎，卡其裤，白衬衫，一对银耳环，已经叫男生称赞，"卜求真无须衣装已是可人儿"，可是红颜弹指老，刹那芳华。求真摸了摸斑白的鬓角，忍不住问："琦琦，你把你自己怎么了？"

小郭一听，立刻顿足，"女张飞就是女张飞。"

"求真，"琦琦婀娜地站起来，"多年不见，别来无恙乎？"

"托赖，还过得去，你呢？"

琦琦微笑，"不如你，求真，你真做得到优雅地老去，连头发都不染。"她握住求真的手，"我没有勇气，我妄想留住时光。"

"可是你做得很成功。"

小郭叹口气，在一旁坐下。

求真好奇问："是哪个大国手的手术？几可乱真。"

琦琦笑了，"求真一张嘴活脱儿像她那支笔，锋利无比，老友都下不了台。"

小郭冷笑，"有勇无谋，所以她一生成绩止于此。"

求真立刻回嘴，"可是我吃的穿的，也不比你差。"

琦琦诧异，"这同以前的聚会气氛没有什么不同嘛。"

求真却惆怅地答："有分别，现在斗壳嘴[1]，会觉得累。"

琦琦掩住嘴，俏丽地笑弯了腰。

求真到这个时候才由衷地说："琦琦，看见你真好。"

琦琦作二十世纪早期打扮，时光倒流，美艳中带些诡秘。

不过，不相干，琦琦的智慧与温柔仍然，琦琦仍是卜求真的好朋友。

琦琦终于解答了求真的疑难，"我的医生，姓原。"

卜求真站起来，"啊"了一声，"原来是鼎鼎大名的原医生。"

"正是他。"琦琦笑笑。

"他年纪也不小了吧？"

---

[1] 指斗嘴。

"我没见到他。"

求真讶异，"怎么会？"

"我已全身麻醉。"

原来如此。

"负责替我接头的人是小郭。"

求真看小郭一眼，他也真肯为她。

琦琦的声音很轻，十分感慨，"在将醒未醒之际，我听到原医生与助手的对话，立刻有顿悟，可是彼时矫形手术已经完成，太迟了。"

"他说什么？"

"他说：'你看，换得了皮，换不了心，又有什么用。'"

"啊。"

"你瞧，求真，我此刻是多么滑稽：一颗七老八十的心，被困在少妇的躯壳内，不三不四，不老不小，连我自己都觉得好笑。"

琦琦语气中的嘲弄与悲哀是真实的。

求真却上下左右打量她，"之后，你还会不会老？"

小郭"嗤"一声笑出来。

"什么样高明天术都敌不过似水流年。"

求真叹息，颔首。

"求真，你最近的文字越发精练，充满活力。"

"退休后，不计较名利及营业额，压力显著减轻，一支笔也活了起来。"

"唉！小小的卜求真也已退休了。"

求真搔搔头，"真不晓得时间通通溜到哪里去。"

小郭说："我们这次聚会，大题目就是讨论时间。"

求真诧异，"时间？"

"或是正确地说，讨论一下，时间是否即系缘分。"

求真斟了一杯琥珀色的酒，一饮而尽。

她笑笑说："你的意思是，假使有少年来追求琦琦，琦琦会不会接受？"

没想到温柔的琦琦这次抢先回答："我一定接受。"

"什么？"求真惊异。

"我一生至大的遗憾是从未深爱过，我渴望被爱，也希望爱人。"

求真的眼光自然而然看向小郭。

小郭却心不在焉，站起来，"你们慢慢谈。"

求真问："你到何处去？"

他挤挤眼，"我去看看甲板上有无美女。"

"祝你看得眼红。"

他出去了。

小郭一走，琦琦反而不再谈那个题目了。

求真说："我猜，在我们心底某处，有一部分，永远不会老，永不停止盼望，亦永不甘心服输。"

琦琦笑，"求真，你有孩子吗？"

求真摇头，"没有。"

"也没有领养？"

"责任一样大。"

"可以寄养在育儿所里。"

"那还不如不要。"

"求真，你始终认真。"

求真讪笑，"哪里，追求完美，又不够力气，落得寂寞下场。"

琦琦拍拍她手背，"我们也到甲板上去看看风景。"

琦琦披上一件黑色大氅，更显得肤光如雪，唇红齿白，她被求真看得不好意思起来。

"来"，求真说，"陪外婆散散步。"

才出门，就碰到一位年轻人，看到琦琦，热情地打招呼，爱屋及乌，顺便对求真说："伯母，走好。"

求真喃喃说："不是外婆，只是伯母吗？我赚了二十年了。"

琦琦啼笑皆非。

她俩碰到匆匆赶至的小郭。

"正想来找你，求真，过来，过来看这一对男女。"

求真问："就是刚才你叫我看的那对？"

"是，他们又出来了。"

小郭没有回头，但是眼珠子转往左边示意。

求真心中笑：真好兴致。

她把目光朝那个方向转过去。

不错，一男一女。

衣着考究而低调，修饰整洁，他俩正对坐着玩纸牌。

男的三十余岁，长得好不英俊，求真年轻的时候，像一切少女，喜欢俊男，自订一套评分制度，像这位先生，足可打九十分。

与他玩扑克牌的女子却已白发如银丝，是一位老太太，从脸胚身形看来，年轻的时候，想必也是个美女。

他们，可能是一对母子。

孝顺儿子亘古少见，这位先生十分难得。

这么些年了，求真也已炼成一对法眼，一眼瞄过去，她那资深正者灵敏的触觉已将整幅图画收在脑海中，她不觉有何异样。

求真问小郭："他们是谁？"

"你说呢？"

"母子，好出身，感情也融洽，懂得享受生活，此刻儿子陪母亲散心，媳妇与孤子稍后齐来会合。"

"说得很好。"

求真看向琦琦，"事实不是这样吗？"

琦琦微笑，"适才何尝不是有人把你我当母女。"

求真一怔。

她当然知道都会中有一种男子的职业是服侍年长女性。

不，她摇摇头，人的气质受环境影响，这位俊朗的男士，肯定身家清白。

　　只见他们扔下纸牌，站起来，走到栏杆另一头去。

　　他搀扶着她，她靠在他肩膀上，他宛如玉树临风，但是她已老得瘦弱佝偻了。

　　"求真，我要你记住两个名字。"

　　"请说。"

　　"那男子，叫列嘉辉，那女子，叫许红梅。"

　　名字相当普通，简直不容易记得住。

　　小郭再加一句，"他们是情侣。"

　　求真立刻说："不可能。"

　　小郭瞪她一眼，"什么都有可能，永不说没有可能，一声不可能便剔除了科学精神。"

　　求真忍声吞气，虽然大家都老了，但她始终视他为长辈，求真有个好处，她尊重长辈。

　　"而且，卜求真，你不用脑，你以前曾经见过这对男女，只不过早已丢在脑后。"

　　求真"啊哈"一声，"小郭先生，我不至于如此不济，我若见过那位俊男，什么年份什么地点何种场合，讲过哪些话，保证记得。"

小郭似笑非笑地看住求真，"我打赌你已浑忘。"

求真叫琦琦解围，"琦琦，你管管他。"

琦琦说："这次我不帮你。"

"什么？"

"你见他们的时候，我也在场。"

求真"哗"一声叫出来，"那是什么年份，咸丰年？"

琦琦笑，"不，没有那么远，约三十五年前，求真，在脑海中搜一搜。"

求真"呸"一声，"三十五年前，那位列嘉辉先生才是三两岁的婴儿，所有小孩都一个样子，这不是考我功课，寻找开心吗？"

"他不是普通的幼婴，你会记得他。"

求真叹口气，"原来你们找我来玩猜谜游戏。"

琦琦笑了。

她仍与小郭同一阵线，由此可见，结不结婚并不重要。

求真替他们高兴。

她一边说："我早已退休，不喜绞脑汁，我弃权。"

小郭说:"没出息!"

过了片刻,求真问:"你不打算把故事告诉我?"

小郭斥责,"我满以为一个人的智慧会随年龄增加,我现在愿意公开承认错误。"

"竟为这种小事痛责我!"

小郭笑,"是!真痛快。"

"明知故犯。"

"现在要找个人来骂也不容易。"

琦琦接上去,"不配挨骂的骂了他也失却身份。"

他俩还是一对。

求真说:"我不知你们如何打发时间,我则有午睡的习惯。"岁月从来没饶过任何人。

小郭叹一声气,"好!晚饭时分再见。"

求真故意如一个小老太太般跌跌撞撞走回舱房去,刺激年纪比她更大的小郭先生。

她按着了录音机,和衣躺床上,听一个柔和的女声讲故事:"……话说凤姐自贾琏送黛玉往扬州去后,心中实在无趣,每到晚间,不过和平儿说笑一回,就胡乱睡了,这日夜间，正和平儿灯下拥炉倦绣，早命浓薰绣被，二人睡下，不知不觉已交三更，凤姐方觉星眼微朦，只见秦氏自外走了进来，说道婶婶好睡，我今儿回去，你也不送我一程。"

卜求真的精魂渐渐随着那听过千百次的老故事飘出躯壳。

只听得灵魂问躯壳，"今日往何处游荡？"

求真脱口答："往较美好较年轻的岁月去走走吧。"

灵魂轻笑，"为何恋恋不舍那个岁月？"

求真答："我也不明所以然，其实那个时候我一无所有，又比较迟钝，被人欺侮踢打也不晓得，我年轻时一点也不快乐。"

"那么，去，还是不去呢？"

"去，去，不去更无处可去。"

胡乱在青春期逛了一轮，一无所得。

求真觉得无聊，因问："你可记得一个叫列嘉辉的人？"

"给多一点提示。"

"他是一个英俊高大的男子，试试回到三十五年前去，当时他只是一名幼婴，可想相貌已十分俊秀。"

啊。

卜求真做梦了。

日历唰唰唰往后翻。

还是上一个世纪的事呢。

一九八五年的夏季。

卜求真刚自大学出来，在《宇宙日报》做记者，那正是她卡其裤白衬衫用清水洗完脸即上街连口红都懒抹的全盛时期。

一个黄昏，像所有没有约会的黄昏一样，她跑到小郭侦探社去消磨时光。

喝一杯琦琦做的香浓咖啡，吃一角琦琦亲手做的美味糕点，绝对是至大享受。

小郭侦探社生意一向欠佳，小郭一直优哉游哉。

专等求真这样的朋友上来喝茶下棋聊天抬杠。

那一日两人又争得不亦乐乎。

题目是好人是否有好报。

求真记得她说的是："每一个人看自己都当自己是好人，至高至纯，心肠最软，故此都等着好报来临，唉，在别人眼中，尺度不同，阁下也许最老谋深算，损人不利己。"

小郭说："总有公认的好人。"

"我也身家清白，奉公守法，我算不算好人？"

"话太多了。"

"那么，装聋作哑，毫不关心是好人？"

"你没有逻辑，同你辩论没有意思。"

"咄！"

这时，小郭示意求真噤声。

求真抬起头来，她听到会客室有人声。

"……请问，郭先生可在。"

琦琦答："他在，请问贵姓，有没有预约。"

那女声说："我姓许，没有预约，但，我有介绍人。"

求真记得，许女士的声音非常好听，语气中有一股缠绵之意，即使是报上姓名那么简单的几个字，也似欲语还休，十分婉转动人。

琦琦说："我去看看他抽不抽得出时间。"

"啊，有客人上门来了。"小郭惆怅，他巴不得他们不要来，名正言顺可以懒洋洋享受清闲。

推掉他们？好像说不过去，接待他们，又得乱忙，唉，世事古难全。

小郭咳嗽一声。

这时，他们忽然听见幼儿咿咿呀呀的学语声。

求真大奇，孩子？绝少有人抱孩子到侦探社来。

侦探社是不祥之地，试想想，一个人恨另一个人恨到非要揭他底牌，用作要挟，才会到侦探社来，这个地方，充满仇恨，儿童不宜。

从来没有幼儿到过这里，小郭好奇，去拉开了门。

他没有示意求真离去，求真又怎么会自动识趣走开，别忘记，她是记者，任何新奇的事均不放过。

门外站着一个少妇，手抱一个幼儿。

求真眼前一亮。

那少妇年纪不轻了，恐怕早已过了三个关口，仍称她为少妇，是因为她脸上的艳光不减，而且，笑容中有俏皮之意。

她穿一件桃红色薄呢大衣，一手抱幼儿，另一手伸出来与小郭相握，自我介绍："许红梅。"

小郭有点目眩，连忙招呼许女士坐。

反而是求真，可以客观冷静地打量她们母子。

绝对是母子，而且，她极其钟爱这个孩子。

为什么？靠观察而来，第一，这年约两岁的男孩体重不轻，起码有十三公斤，可是少妇只需一只手臂，便把他稳稳抱在怀中，可见训练有素，自幼抱惯。

第二，穿着那样考究漂亮的淡色大衣，而不避幼儿小皮鞋践踏，可见把孩子放在首位，不是母亲，很难做得到彻底牺牲。

那孩子转过头来，一见求真，咧嘴便笑，"姆妈，姆妈妈妈妈妈。"

求真如见到一丝金光自乌云中探出，不由得趋向前，"啊，宝宝，你好吗？"

许女士笑道："他喜欢漂亮的姐姐。"

那孩子的面孔如小小安琪儿。

此时，小郭抬起头来，"求真，我有公事，我们稍后再谈。"

啊，终于逐客。

求真依依不舍地离开小郭办公室。

那个幼儿，曾令求真后悔没有趁早生个孩子。

卜求真睁开眼睛。

想起来了。

夜阑人静，半明半灭间终于把三十五年前的往事自脑海最底部搜刮出来。

那一年，在小郭侦探社邂逅的美妇，正是许红梅女士，那么，那个小小男孩，也就是列嘉辉。

求真自床上坐起来，斟杯冰水喝。

掐指一算，年纪完全符合，时光飞逝，许红梅如今已是一个老妇，而列嘉辉早已长大成人。

当年牙牙学语的小家伙，可将之拥在怀中狠狠地亲他胖嘟嘟面颊的小东西，今日已是壮年人了。

能不认老吗？

求真缓缓坐下。

原来小郭同他们是旧相识，为什么不上前相认，为什么鬼鬼祟祟躲一旁研究人家？

小老郭永远这样高深莫测。

求真把那一次会面的细节完全记起来了。

年纪大了，遥远的事情特别清晰，是日早餐吃了些什么东西，反而不复记忆。

求真记得许女士在小郭办公室逗留了一段相当长的时间。

她等了一个多小时，她还没从那房间出来，幼儿也好像很乖，没有作声。

求真有事，回了报馆。

那件事，从此搁到脑后。

到底许女士在密室里与小郭说过些什么话？

求真有点累，可是睡不着，她躺在床上去等天亮。

电话铃骤然响了起来，半夜三更，特别响亮。

求真知道这是谁。

她按下钮键："小郭先生，何以深夜不寐？"

果然是他，"求真，你想起来了吧？"

求真答："是，我的确见过她一次。"

"岁月无情。"

"是，当年的许红梅，诚然艳光四射。"

小郭感喟，"现在我们都鸡皮鹤发了。"

求真抗议，"我只需略加收拾，看上去不过是个老少年，你们就差得多。"

小郭气结，"对对对，你是小妹妹。"

"小郭先生，那一天，许红梅女士在你办公室里说了些什么话。"

"反正睡不着，到甲板上来，我慢慢告诉你。"

"甲板？我薄有积蓄，我无须吃西北风。"

"那么，到三楼的咖啡厅。"

"给我十五分钟。"

"求真，不必化妆了。"

"小郭先生，此刻我自房中走到房门，已经要十分钟。"

小郭恻然，"可怜，终于也成为老太太。"

他一时忘了自己更老。

求真套上大毛衣与披肩，匆匆出去见小郭。

小郭已在等她。

"我没有迟到。"

"坐下。"

求真连忙拿几只垫子枕住背脊，坐得舒舒服服。

小郭开口："好好地听故事。"

咖啡座上有几对客人，都是年轻情侣，精神好，聊得忘记时间。

有一个少女向小郭与卜求真努努嘴，"看那边。"

她的伴侣一看，羡慕地说："啊，好一对年老夫妻。"

少女说："到了这种年纪，早已晋升为神仙眷属。"

"我们到了那个年纪，不知是否仍可像他们那般恩爱。"

少女朝伴侣嫣然一笑，"那就要看你表现如何了。"

这当然是误会。

小郭与卜求真并非一对。

只听得小郭吸一口气，开始叙述："那一日，我把你请走之后——"

许女士把孩子抱在怀中，坐在小郭对面。

她秀丽的面孔忽然沉下来，满布阴霾。

幼儿像是累了，靠在她胸膛里，动也不动。

小郭羡慕所有孩子，那是人类的流金岁月，无忧无虑，成日就是吃喝玩乐。

小郭见她不出声，便试探："许小姐，你说你有介绍人？"

许红梅抬起头来，大眼睛闪过一丝彷徨的神色，她叹口气，"是，介绍我到这里来的，是一位女士，她姓白。"

小郭耸然动容，他只认得一位姓白的女士，她在他心里，是重要人物。

"啊，请问有什么事？"他对许女士已另眼相看。

"郭先生，我想托你找一个人，只有这个人可以帮我。"

小郭已把全身瞌睡虫赶走，他前后判若两人，双目炯炯有神，凝视许女士，"你要找的，是什么人。"

"我要找的人，姓原，是一位医生。"

小郭立刻为难了，表情僵住。

许红梅看到小郭如此模样，轻轻叹口气，"我也知道原医生不是一个电话可以找到的人。"

小郭摊摊手，"实不相瞒，原医生失踪了，无人知他下落。"

许红梅不语。

那幼儿在她怀中，已经安然入睡。

她轻轻摸一摸他的小手，仍然紧紧抱着。

小郭建议："把孩子放在沙发上睡一下如何？"

许红梅摇头，"不，他会害怕的。"

小郭笑笑，他也以为他们是母子。

在这个年纪才育儿，自然比较溺爱。

"不觉得他重？"

"还好，"许红梅说，"可以支持。"

"你自己亲手带他？"

"家中有保姆，不过，我从来不让他单独与别人相处。"

"这孩子很幸福。"

许红梅答："我没有职业，我的工作便是服侍他。"

小郭见许女士一身名贵而含蓄的打扮，已知道她环境十分优游，不用担心生活。

他试探说："尊夫把你们照顾得很好。"

可是许红梅笑笑，"我是一个寡妇。"

小郭一怔，不过，结婚是结婚，生子是生子，两回事，不相干。

他马上接受这个事实。

"孩子——"

"也不是我的儿子。"

小郭这才深深讶异了，不是亲生？"你是他姑妈，抑或阿姨？"

"郭先生，他叫列嘉辉，我深爱他，但是我与他，并无丝毫血缘关系。"

小郭面孔有点发烫，每逢他尴尬的时候，脸的外圈会自动发热。

"郭先生，要见原医生的，是列嘉辉，不是我，请你接受我的委托，替我们寻找原医生。"她的声音低下去。

小郭呆半晌。

"原医生想来不是失踪，他不过暂不见客，想避一避人。郭先生，你是他的好友，请他破一次例，见见我们。"

小郭无奈地说："就因为是他的朋友，所以才格外要体谅他，尊重他的意愿。"

许红梅焦急了，双目润湿。

"孩子有病吗？我可以推荐各个专科医生给你。"

许红梅落下泪来。

"许小姐，那位原医生，不是一般医生，他是个怪医。他的医术，与实用医学不挂钩。"

"我完全明白他是个什么样的医生。"

小郭叹息，"我已做一个讨厌人物，帮你找找他。"

许红梅略为宽心。抱起孩子，站起来。

她已练成举重高于而不自觉，小郭自问没有把握抱着十多公斤重物自那么软而深的沙发站起。

"有无消息，都请与我联络。"

"一定，许小姐，不过我真是一点把握也无。"

许红梅抱着幼儿离去。

小郭记得那孩子有一头乌浓可爱的头发。

听到这里，卜求真低嚷："果然不是母子！"

小郭点点头。

"你当时为什么不问孩子同她是什么关系？"

小郭瞪求真一眼，"人人像你，冒失鬼不日可统治宇宙，她是我客人，她不说，我怎么好问？"

"啐！"

小郭有点累，脱下帽子的他，一头平顶白发闪闪生光。

求真忽然问："头发中的黑色素全到哪里去了？"

小郭说："头皮细胞老化，不再生产。"

"可怜高堂明镜悲白发，朝如青丝暮成雪。"

"喂，你听不听故事？"

求真故意打个哈欠，"没有什么好听的。"

"什么？"

"你当年没有替她找到原医生。"

被她猜中了，小郭心有不忿。

"如果当年被你找到了原医生，今日就不必对他俩避而不见了。"

小郭默默低下头，"是，我交情不够，原医生对我不予理睬。"

"小郭先生，你不必耿耿于怀，像原医生那样的人，决定了一件事，无可挽回。"

小郭叹口气，"大家把他神化了，这个人，好几次闭关，不见人，你当他在研究什么大事，其实他啥子也没干，只不过是谈恋爱。"

"人各有志，那诚然是他的人生大事。"

"见死不救！"

"可是许红梅与列嘉辉还不是好好活着，列嘉辉已是成年人，可见他幼时无论患什么症候，今日已经治愈。"

小郭怔怔道："说得是。"

"当年谁也找他不着，那位姓白的夫人同他那么熟，也束手无策，所以才推荐许红梅到你处，你不必内疚。"

"我好想告诉他们，原医生最近出关了。"

"是，至少他见过琦琦。"

"琦琦同他另有渊源。"

啊，是另外一个故事。

"可是，三十多年过去了，当年再大的困难，今日已成过去，即使找到原医生，也已无用。"

"慢着，小郭先生，许红梅与列嘉辉到底为什么要见原医生？"

小郭呆住。

求真尖声问："你竟不知道，你竟没有问？"

小郭说："我只知道那一定是件很重要的事，于是我尽了全力，上天入地那样去搜索原某人。"

原氏当然不会让任何人找到。

小郭不算不尽力，他甚至找到原君私人电脑的通信密码，得以与电脑通话。

可是电脑如此忠告他："如果阁下真是原医生的朋友，请予原医生时间，请耐心等原医生出关，我会把你的名字登记，待原医生尽快复你。"

"可是我真有急事。"

"阁下的急事，并非原医生的急事。"

"我也是受人所托。"

"原医生最爱管闲事，但这次时间不对，欠缺缘分，不宜强求。"

"一部电脑，懂得什么叫作缘分。"

电脑冷笑一声，不与他申辩，自动熄灭，不予受理。

小郭托人在原君时常出没的地点找他，但原医生似真的失踪了，如一粒沙掉进戈壁，如一滴水落入大海口再也没有出现。

这件事成为小郭心头上的一根刺。

一个私家侦探，最重要的工作便是寻人，而小郭居然寻人失败。

他甚至找到了那位姓白的女士诉苦。

她对他好言相慰。

"小郭，看开点，这同你的能力无关，这上下老原可能根本不在太阳系以内。"

"那是另外一件事，我没把他联络上，却是事实。"

彼时小郭找他足足已有三年。

"然后，连许红梅也失了踪。"

白女士微笑："许红梅不难找。"

小郭不出声。

白女士问："你已知道许红梅的底细？"

"这我早已查清楚，她是证券业巨子许仲开的独生女，因为恋爱问题，同父亲闹翻，由继承人变成陌路人。"

白女士颔首，"据说，许仲开至今不明宝贝女儿怎么会心甘情愿放弃一个王国。"

小郭笑，"因为她爱上另一个王国。"

白女士说："是，列氏的财势，不下于许仲开。"

"而且是许仲开的敌人。"

白女士做这样的评论："感情这件事，不可理喻。"

"可以可怕二字形容。"

白女士忽然说："小郭，你是男人，告诉我，你会不会爱上比你小四十岁的异性？"

小郭摇头，"我一向喜欢比较成熟的伴侣。"

"比你小四十岁的人也可能很懂事。"

"恋爱已经够痛苦，惊世骇俗的恋爱不是我这种平凡普通人可以享用。"

白女士笑了。

小郭连忙补上一句，"也不是每个人会遇上。"

叙述到这里，天已经渐渐亮了。

在咖啡室闲聊的年轻情侣，也已逐渐散去。

小郭打了一个哈欠。

求真有一千一百个问题要问。

可是小郭说："我累了。"

求真知道他并非故意卖关子，"小郭先生，我送你回去休息。"

"我自己还走得动。"

求真还是把他送回舱房。

到了舱门，小郭忽然转过头来，"求真，事到如今，我不得不承认叫我小郭有点滑稽，从此以后，你唤我老郭吧。"

求真用手做喇叭状罩住一只耳朵，"你说什么，小郭先生？"

小郭进舱去了。

求真这才叹一口气。

什么叫力不从心？这就是了。

就在此时，有一只手伸进求真的臂弯。

"琦琦。"求真把那只手握得紧紧。

"看，"琦琦指向海岸风景，"此乃万载玄冰。"

"最近也有融化的迹象了，科学家不知多担心。"

"求真，你好会煞风景。"

求真汗颜，"是，我太过实事求是了。"

她俩躲到人工温室，在奇花异卉旁边的藤椅上舒舒服服坐着聊天。

求真问："琦琦，你可知道许红梅年轻时的恋爱故事？"

琦琦欠欠身，四处看一看，"背后议论人家的私生活，不大好吧。"

"咄，"求真不以为然，"你有更好的题目吗？"

琦琦笑，"不如讲讲格陵兰是否真会于下一世纪因融冰而消失在地球版图上。"

"那还不如讨论植物学家有无可能在三十年之内重建

雨林。"

她俩相视大笑。

琦琦呷一口香茗,"求真,我出身草根阶层,至大愿望不过是求温求饱,对富家千金的恋爱故事,并无兴趣。"

"据说当年此事相当轰动。"

"我也是听小郭说的。"

"那时,你我还没出世?"

琦琦,"你比我小,你大概还没有出世。"

"大约是什么年份?"

琦琦抬头想一想,"约是一九六○年。"

求真大大诧异,"故事怎么越说越回去了?"

"是,彼时小郭还在他师傅处做学徒。"

"那时,许红梅小姐什么年纪?"

"也许十五岁,也许十六岁。"

"那么早就谈恋爱?"

"是,爱上了她父亲的仇人,比她大四十岁的列正。"

"列正,他也姓列?"

"是,他姓列。"

求真站起来，大声说："这么讲来，那列嘉辉明明就是列正的孩子！"

"我们查过，许红梅从来未曾生育。"

求真不服气，"也许她躲起来养下这个孩子呢。"

"我们调查得十分彻底，他们的确不是母子，你可以忘记这一点。"

"把他们的故事告诉我。"

"故事很简单，列正有家室有孩子，且子女比许红梅年长，双方遇到极大阻挠，结果红梅脱离家庭出走，而列正亦与发妻离异，他俩终于正式结婚，那年许红梅二十一岁。"

"你看，没有离不成的婚！"

琦琦笑，"真是，一个人没离婚，是因为他不想离婚。"

"故事结局十分美好呀。"

"是，我们在侦探社见到许红梅的时候，列正刚去世没多久。"

求真算一算，"那位列先生得享长寿，活了八十岁。"

"许红梅一直同他在一起，这样经得起时间考验，双方家人都开始软化，尤其是前任列太太，真是位通情达理的夫人，力劝子女与列正和解。"

"结果他们有没有原谅父亲？"

"有。"

"是因为遗产分得均匀吧。"求真笑。

"你又杂了。"琦琦揶揄。

这是卜求真的毛病，她从不美化事实。

当下她算一算，"故事自一九六○年开始，迄今已有六十年历史，噫，我还以为我老了呢。"

就在这个时候，在一蓬蓬紫罗兰后边，传出一个优雅的声音，"你们算错了，故事开始的时候，我才十二岁，我记得很清楚，那是一九五八年的五月六日。"

求真与琦琦吓得面红耳赤，冲口而出，"谁。"

有人轻轻拨开香氛扑鼻的紫罗兰，"我，许红梅。"

求真与琦琦一听，更窘至无地容身，巴不得挖一个地洞钻进去。

许红梅轻笑。

求真看到一双慧黠的眼睛。

呵，许女士的灵魂没有老。

"两位，请坐，我早已经留意到你们了。"

求真松口气。

许红梅缓缓走出来，坐在她们对面。

她说："主要是琦琦小姐的样子一点儿都没变。"

琦琦双耳烧至通红透明，一句话说不出来。

"小郭先生亦老当益壮，只是，这位小姐是谁呢。"

"我叫卜求真。"

"卜求真，"许红梅沉吟，"是《宇宙日报》的专栏作者卜求真吗？"

求真笑了，"正是在下。"她知道自己有点名气，但是没想到连不问世事的老太太也听过她是谁，不禁神采奕奕，如打了一支强心针。

"我看过你的高论，十分敬佩。"

"哪里哪里。"

"字里行间，对世情观察入微，毫无幻想，令读者戚戚焉。"

求真一愣，"是吗，我有那么悲观吗？"

"是通彻。"

"谢谢你，只怕没你说得那么好。"

那边厢琦琦渐渐镇定下来，脸上红潮亦退却大半。

"你们对我的故事，好像很有兴趣。"

卜求真老实不客气说："是。"

许女士笑了，眯着双眼，脸上布满皱纹，看上去十分可爱可亲。

"许女士，愿意把你的故事，告诉一个正者知道吗？"

"我的故事，同一些传奇性人物比较起来，只怕乏善足陈呢。"

"太客气了。"

"而且，船正往回驶，三天后就抵岸，从早说到夜，也不够讲几十年的事。"

"上岸后我到府上来，继续聆听。"

许红梅笑了。

琦琦也笑，心中想，求真你这只鬼灵精，胆大、皮厚，真有一手。

正在此际，船上服务员向他们走来，"啊，许女士，你在这里，列先生到处找你，十分焦急，请随我来。"

许红梅缓缓站起来，走出两步，然后再转过头来，求真知她有话要说，连忙趋向前去。

"你们三人，请于下午再同我联络。"

求真大喜。

琦琦也松口气。

许红梅随服务员轻轻离去。

求真兴奋地说："找到谜底了。"

"嗯。"琦琦附和。

"你看，"求真笑道，"小郭先生找她三十五年，一直不得要领，我一出现，即有结果，不由你不服吧。"

琦琦看着她笑，"服、服、服。"

好胜心数十年不变。

不过如今已进化为搞笑的题材。

她俩各自回舱，略事休息后，约同小郭一起午膳。

正谈笑间，忽见落地长窗外有一架直升机降落在甲板上，直升机身有一个红十字。

"嗯，"求真说，"有乘客病重，由直升机载返诊治。"

小郭火眼金睛地看着担架抬出来，忽然霍一下站起来，

"病人是许红梅。"

求真双眼略慢，却也已经看到担架身边一个玉树临风似的身形正是列嘉辉。

求真连忙丢下美食，奔往甲板。

已经来不及了，医务人员、病人，连同家属，一起上了直升机，在空中打了一个圈，便向岸边飞走。

疾风打得求真衣履尽乱。

小郭望着天空，"你说怪不怪，她才要开口，就遇上急病。"

琦琦喃喃道："希望她有时间把她的故事说出来。"

求真到船长室去兜了一转。

"心脏病。"

琦琦说："那很简单，换一颗也就是了。"

"已经是人工心脏。"

"再换。"

小郭说："嗯，人类的寿命可以无休止延续下去，直至本人厌倦为止。"

琦琦忽然笑，"新三年，旧三年，缝缝补补又三年。"

求真再也不会放弃讲笑话的机会,"你还修理得不错呀。"

"啐!"

求真又说:"船上几个年轻小伙子一直盯着你。"

船将泊岸,年轻人问琦琦要通信地址。

琦琦只是推搪。

也难怪,皮相虽然秀丽灿烂,心事却已开到荼蘼。

求真揶揄琦琦,"为何不把姿色善加利用?"

琦琦感喟,"早知今日,不必多此一举。"

求真却又安慰她:"不妨,你不会比我更笨,多少人在《宇宙日报》弄到一则专栏,乖乖隆的咚,不得了,利用它交际应酬、耀武扬威、自吹吹人、歌颂祖国、造谣生事,还有,收受利益,大做广告。我只利用过专栏收稿酬,很窝囊吧。报馆一直嫌贵,也嫌我不识趣,太没有办法了。"

琦琦反而笑出来,"嘿,至高至纯至清的果然是你。"

"咄,"没想到求真是认真的,"我所说均系实话,这是我做事一贯作风,并不希祈你称赞。"

"既然如此,何必诉苦。"

"是,你说得对,我还不是圣人,歉甚。"

小郭这时诧异曰："两个女人聊起天来，真可以谈到天荒地老，宇宙洪荒。"

温馨一如老好从前。

"小郭先生，船泊了岸，我们立刻联络许红梅女士。"

"假如她还在人世。"

求真打一个哆嗦，"不，她一定活着。"

小郭苦笑，"这恐怕不是由你决定的事呢！"

求真问："小郭先生，船上相遇，不是偶然吧。"

小郭答得好，"过了二十一岁，还有什么偶然的事。"

琦琦代为解答："这几十年来，小郭一直跟着许列两位。"

"却没有上去认人。"

小郭摸着面孔，"没有颜面。"

求真笑。

"我想告诉他们，原氏已经出关，医术亦已精湛过从前百倍，我愿意再替他们与原氏接触。"

"去，一上岸就做。"

船终于泊岸了。

下船时求真松一大口气。

"再过二十年，也许我会甘心被困在一艘豪华船上，此刻心还野，还是觉得坐船闷。"

小郭说："连我都无心欣赏风景。"

第二天小郭便找到列嘉辉。

"他已返家，许女士住院期间，他天天侍候在侧。"

求真心念一动。

母慈子孝，也自有个限度，二人如此情深一片，更像一对情侣。

"许女士救回来了，全身血液系统几乎都已更换，医生不表乐观，暂时性命无碍，可是生命时钟不知几时停顿。"

求真说："我去看她。"

"你要事先申请。"

"没问题。"

三天后，求真得到答复，许女士愿意见她。

与她联络的是列嘉辉本人，他谈吐有礼，十分客气，"卜小姐，她大病尚未痊愈，只能略谈几句。"

"我明白。"

第二天早上十时，求真已经抵达医院。

求真好久没如此精神，她睁大双眼，全神贯注，一如体力全盛时期充当见习记者。

许女士躺在空气调节的病房中。

房内气温、湿度、光线全由人工控制，空气里还加上一股令人愉快的清新剂，闭上眼睛，仿佛置身在春日的草原上。

许女士醒着，看见求真，牵牵嘴角，"我们有约会。"

求真点点头，有点为难，许女士的身躯已接到维生系统上，怎么还有力气叙述她的一生？

信不信由你，说话需要很大的力气，人若知道讲话得费那么大的劲，人就不会发表太多的意见。

只听得许女士说："力不从心……"

求真安慰她："慢慢说不迟，我们有缘分，你一定可以把故事告诉我。"

"据一位著名编剧家说，任何故事都可以三句话交代。"

"你的故事呢？"

"我的故事很简单。"

"能用三句话告诉我吗？"

许女士微笑，"我们相爱，但是时间总是不对，十分凄苦。"

啊，单听这三句话，求真已觉哀怨缠绵。

"但是，你们不是有情人终成眷属吗？"

"我们贪婪，我们不愿分离。"

"无奈上天给我们多少我们就得接受多少。"

正谈得投契，打算一直说下去，看护进来，"卜小姐，时间到了。"

求真盼望地看着许女士，"我明天还能来吗？"

"看，人人都想得到更多。"老人家莞尔。

求真腼腆，"追求更多更好是人类天性。"

"我谅解你的天性，不过我的情况不宜见客。"

看护在一旁煞风景地催，"卜小姐。"

许红梅撑起身子来，"去，同嘉辉说，叫他把我的故事'卷一'给你。"

求真大喜，"你已写妥自传？"

看护忍无可忍，伸手来拉求真的手臂，她孔武有力，一下把求真挟持出房。

求真自知不当，还得向看护道歉。

她兴奋得双耳发烫，立刻着手去找列嘉辉。

都会虽大，即使住着上千万居民，真要找一个人，却还不难，况且求真并不想独吞许红梅的自传，她马上与小郭联络。

沙龙一般好去处的小郭侦探社早已关闭，求真唏嘘。

此刻小郭住在郊外酒店式别墅里。

求真赴去见他。

半路上她已经与小郭通过话。

"小郭先生，请把列嘉辉行踪告诉我。"

"他应该在家，你试一试夕阳路一号。"

"他不用上班？"

"列氏无业，他自从大学毕业之后，一直陪伴许红梅。"

"什么？"

"以现代标准来说，实无出息，可是在那个时候，他会被视为情圣呢！"

"夕阳路与你那里只隔一条公路。"

"你可以顺便到我这里来。"

"我正想见琦琦。"

"你错了，琦琦从未试过与我同居。"

"我并没有那样暗示。"

"少废话。"

求真把车子驶到夕阳路去。

来开门的是一位男仆。

求真不待他开口便道："卜求真找列嘉辉。"

男仆入内通报。

不消一刻，列嘉辉迎出来见客。

在家，他穿着便服与一双球鞋，头发刚洗过，有点蓬松，神情略为憔悴，但他仍是一个美男子，无论做什么打扮，看上去依然赏心悦目。

这样好相貌的人绝对不多，最难得的是他毫无骄矜之态。

幸亏求真年纪已不小，定力十足，故可以实事求是，"列先生，许女士说，让你把卷一给我。"

"她关照过我。"列嘉辉有点为难。

求真说："我们见面次数虽然不多，可也算是老朋友了。实不相瞒，列先生，我第一次见你，你还是个幼儿。"

列嘉辉涨红了面孔。

他把求真带到书房，拉开一格抽屉，取出一张薄薄磁碟，"这是卷一。"

求真接过，"九一一号电脑适用？"

列嘉辉颔首。

求真小心翼翼把磁碟放进手袋，她知道这只是副本，但是一样珍惜。

求真说："我看完立时归还。"

列嘉辉把她送到门口。

求真正向车子走去，可是忍不住回头对他说："其实你们的感情生活已经丰盛得叫人羡慕。"

列嘉辉一愣，随即说："卜小姐，你且看过卷一再说。看过它，你会明白。"

卜求真带着许红梅自传的卷一到了小郭处。

她神气活现，"你看，会家一出手，保证有丰收。"

忽然听到琦琦的声音，"求真，你风趣不减当年。"

她果然在。

求真十分欢喜，"来，大家齐来欣赏。"

小郭接过磁碟一看，"这里没有九一一电脑。"

求真说："那么，请赏脸到舍下来。"

九一一电脑不算罕见，用来写作最好，它懂得依时间顺序前后整理事情发展经过，直至故事合乎逻辑为止，一些不大懂得控制时间空间的作者视九一一为神明。

卜求真写作技巧不差，却也备有一部。

当下相接续小郭与琦琦到她家中。

那真是一个家，应有尽有，十分舒适，一狗一猫见到主人迎出来，书架子上堆着杂志报纸以及求真儿时的积木玩具。

琦琦不由得评曰："那么多身外物，真是红尘中人。"

求真笑容："是，我十分眷恋红尘。"

她做了香浓咖啡招呼客人。

小郭摇摇手，医生早已嘱他改喝矿泉水。

求真把磁碟送入电脑口。

荧幕上出现"卷一"字样。

许红梅女士出现了。

琦琦一看，便说："嗯，那时她比较年轻。"

风韵犹存便是用来形容这样的女性。

她的长发往后拢，穿一件素色上衣，颈上一串珍珠，化妆淡雅，姿容十分高贵。

"原医生，我叫许红梅，请听我的故事，你或许愿意见我。"

小郭欠一欠身，"原来故事是讲给老原听的。"

求真也"呵"一声，"她一直没放弃找原医生。"

小郭又露出尴尬的样子来，"这老原——不过不怕，这次我一定可以揪他出来。"

许红梅声音十分温婉，求真记得这副声线，二十多岁时听后印象深刻，一直盼望自己也有那样的声音，特别是在异性控诉她不够温柔的时候。

只听得许红梅讲下去："这是我与列正的故事，"她停一停，"列正，字嘉辉，本来是家父最好的朋友。"

小郭霍一下站起来，按停了荧幕上的影像，转过头去看他两个同伴，只见琦琦与求真二人比他还要震惊，张大了嘴，完全失去仪态，下巴似要随时掉下来。

天若有情

贰·

理想生活永远难以达到，

无论当事人如何努力追求，

人生不如意事一直超过八九。

列正即是列嘉辉!

不可思议,以至小郭说:"许红梅糊涂了。"

对不能理解的事,立刻否决,是人类通病,聪明如小郭,都不能避免。

琦琦咳嗽一声,"小郭,让我们把卷一看完,才举行小组会议。"

"好。"

许红梅又出现在荧幕上。

她的语气忧郁,"第一次见列嘉辉,我才八岁,他与家父,是事业上的伙伴,我叫他列叔,他比较早婚,两个儿子都比我大,列太太一直希望有个女儿,十分喜欢我,时时同家父说：'许仲开，一般人觉得你的创业才华最值得羡慕，可是我认为这个可爱小女儿才是你毕生的荣光。'"

许红梅皱皱眉头，沉湎到往事里去。

这时，荧幕上出现一个小女孩，长发披肩，穿着极考究的淡红色小纱裙子，容貌秀丽无比，宛如小天仙。

这是记忆录像。

以列嘉辉那样的身家，置一副记忆录像机，易如反掌。

记忆通过仪器变为实像，小郭、琦琦与求真三个观众回到上一个世纪去。

只见那小女孩走过布置豪华的客厅，朝一个相貌堂堂的中年人走去，把脸依偎在他的大手上，"爸爸"，她轻轻呼唤。

那中年人便是许仲开了。

"红梅今天十岁生日，长大了。"

说话的是许夫人，笑容可掬，伸手招女儿过去。

仆人取出一只小小生日蛋糕。

"看谁来了。"

小女孩转过头去，大眼睛闪出亮光。

三个观众只见列嘉辉风度翩翩地走进来，噫！上个世纪的他同这个世纪的他一模一样，外形好比玉树临风。

小郭又站起来，"怎么可能！小女孩已变白发婆婆，他怎么可能一成不变。"

求真按住小郭，"他怎么没有变，别忘记列嘉辉享寿八十余岁。"

小郭揉揉眼，颓然跌坐，时间与空间把他弄糊涂了。

求真忍不住赞道："你看从前的人多懂得生活，那衣饰、那家具、那种悠闲，一失去就永远失去。"

只有琦琦默不作声，留意荧幕上发展。

那小女孩一见列嘉辉便噔噔噔跑过去，"列叔！"她大声叫。

列嘉辉把她抱起来轻轻拥在怀中，任何人都可以看到他神情陶醉。

这一幕慢慢淡出。

许红梅轻轻说："我想，我们一直是相爱的，年龄的差距，使我们难以表达心意。"

许红梅再次出现的时候，已是一名少女。

脸容仍似安琪儿，但眉宇间添了一股倔强之意。

乌亮的长发梳一条马尾辫，白衬衫领子翻起，配大圆裙。

许夫人坐在床沿上，神情紧张，"红梅，老老实实告诉我，你早出晚归，又时时旷课，到底有何旁骛？"

呵，成为问题少女了。

求真莞尔，她想到她自己年轻不羁的岁月，什么芝麻绿豆事都要反叛一番。

许红梅冷冷回答母亲："功课闷得紧。"

"你在偷偷见一个人是不是？"

"我不是贼，我做任何事都光明正大。"

"你私会列嘉辉。"

"真不敢相信亲生父母会找私家侦探盯梢女儿。"

小郭"哎哟"一声。

他记得这件案子，当年由他师傅亲自办理，师傅接下生意后还感慨地说："什么世界，父母子女夫妻通通来求那私家侦探。"

当下只听得许夫人恼怒地说："红梅，你已经不小，你看得到报纸，你父此刻正与列嘉辉打官司，你为何背叛父母，与列氏往来？"

"父是父，女是女。"

许夫人气得落下泪来，"红梅，你一个人的任性，害得父母伤心，列家上下困惑无比，于心何忍！"

许红梅忽然握住母亲的手，"妈妈，以后你会知道，我并非一时性起胡作妄为，我的确爱他。"

许夫人挣甩女儿的手，"我后悔生下你。"

母亲的痛哭声渐渐远去。

许红梅叙述声趋近："家父没赢得官司，忍声吞气，与列嘉辉庭外和解。一双好友，为着一个注册商标，反目成仇。在以后的岁月中，嘉辉一而再，再而三表示后悔。但许多憾事恨事，一旦铸成，永不回头，无数辗转反侧的晚上，我都听到母亲的哭泣声，她是那么钟爱我，而我，我是那么令她失望。"

求真听到此处，忽然怔怔落下泪来。

她低下头，悄悄抹掉眼泪。

磁碟正面至此播映完毕。

小郭抬起头问："一共有几卷？"

求真说："我不知道。"

琦琦答："看情形，约有五卷。"

"你怎么知道。"

"你没留意吗，卷一已叙述了近十年间发生的事。"

求真一向佩服琦琦的细心。

小郭吩咐："求真，把卷一录一个副本，归还，再去借卷二。"

求真嚅嚅，"没征求过人家同意，不大好吧。"

"咄，你不说，我不说，谁知道，副本我要传真到老原的电脑里去，正经用途，你少说废话。"

"是是是。"

"我们现在看磁碟反面。"

琦琦用手撑着头，"我想休息一下，我累了。"

小郭说："我却心急得不得了，我们投票。"

求真连忙举手，"我赞成看下去。"

少数服从多数。

呵，一开始便是一个婚礼。

二十岁左右的新娘是许红梅，象牙色缎子礼服，头发束起，珍珠首饰，她的伴侣是鬓角已白的列嘉辉，骤眼看，以为是父亲送女儿出嫁，但不，他是新郎。

一个观礼的亲友也没有。

愿意出席的他们没有邀请，欢迎前来的偏偏不肯出席。

少女新娘大眼睛中有难以掩饰的寂寞。

啊，与众不同是要付出代价的。

琦琦轻轻说："这件事里，最伟大的是谁？"

求真笑笑，"年轻人当然推举许红梅，那样浪漫，何等勇气，去追求真爱。"

琦琦也笑："列嘉辉也配得起她呀，惊世骇俗，抛弃现有的幸福家庭，与许红梅结合。"

求真说："可是此刻我的看法大有出入，我认为最漂亮难得的是默默退出的列夫人。"

"君子成人之美。"

"很多人明白这个道理，很少人做得到。"

"可是，套句陈腔滥调，既然已经留不住他的心，还要他的人来干什么？"

求真答："好叫第三者只得到一颗没有躯壳的心。"

小郭说："列夫人的确难能可贵。"

"列嘉辉好不幸运。"

"可是，他并不那么想呢。"

求真站起来熄掉电脑，"借卷二的责任，就落在我的身上了。"

看完磁碟，求真即行休息。

她第一觉睡得很甜很舒服，半夜二时醒来之后，却再也未能成寐。

脑海里反反复复只得许红梅一句话：我却令母亲那么伤心……

求真的母亲早已去世，那时她还年幼，还不懂得叫母亲伤心。

那一夜过得十分长，求真翻箱倒柜，想起许多陈年往事。

她捧着咖啡杯在厨房中看着天色蒙蒙亮起来。

一到九点钟，求真便致电列府。

列嘉辉这样说："卜小姐，你心中有许多疑点吧？"

求真承认，"我们能见个面吗？"

"抱歉我不能与你作竟日谈。"

"三十分钟足够。"

"我在舍下恭候。"

人家说恭候，是真有诚意。列嘉辉站在门口迎接卜求真。

极普通的衣着，对他来说，已是最佳装饰。

求真且不提她自己的要求，只问："许女士何时出院？"

"下午就接她回家，她对医院实在生厌。"

求真轻轻坐下来，"只得二十分钟访问时间。"

"名记者在半小时中已可发掘到无数资料。"

求真谦曰："谁不希望有那样的功力。"

列嘉辉温和地看着她。

求真语气中的困惑是真实的，"列先生，你到底贵庚？"

列嘉辉竟要想一想才能回答："我中年三十八岁。"

求真咳嗽一声，"如果你只有三十八岁，五十年前，你怎么能与许红梅结婚？"

"呵，我与红梅结婚那年，已经六十岁了。"

求真站起来，"请解释，列先生。"

列嘉辉语气平和，淡淡答："卜小姐，我一生，共活了两次。"

求真吞下一口涎沫。

即使是二十一世纪了，这样的事，也难以接受。

求真的思想领域十分开放，也富有想象力，她摆一摆手，好奇地猜测："你在八十岁那年逝世，你的灵魂转世，重新再活了一次。"

列嘉辉欠欠身，"不对。"

"你的躯壳被另一个年轻的精魂占据。"

"也不对。"

求真凝视他，"我明白了。你在八十岁那年返老还童。"

列嘉辉苦笑，"卜小姐是聪明人。"

"返老还童，恢复青春！"求真兴奋地说，"这是全人类的梦想，只有你能够彻底地达成愿望。"

她说罢，忽而发觉列嘉辉脸上一点儿欢容都没有，蓦然想起，他那返老还童做得太彻底了，他竟实实在在，变回一个幼儿，在许红梅的怀抱中长大。

列嘉辉抬起头，"卜小姐，你明白了。"

求真跌坐在椅子上。

列嘉辉看看腕表，这次访问时间，恐怕不止三十分钟。

求真笑嘻嘻地说："不要紧，你慢慢讲。"

他开始叙述："我与红梅结婚那一年，已经六十岁了。"

求真打断他的话柄，"正当盛年。"

"那真是好听的说法。"列嘉辉苦笑。

"列先生，我真心认为这是人类的流金岁月，责任已尽，辛劳日子已在背后，又赚得若干智慧，自由自在，不知多开心。"

"卜小姐，那是因为你没有一个二十一岁的伴侣的缘故。"

呀，世事古难全。

求真莞尔。

"达成与红梅共同生活的愿望后，才发觉困难刚刚开始。"

所以不刻意追求什么也许是大智慧做法。

"互相刻急迁就了多年，苦乐各半，真难为了红梅，也只有她才做得到，我渐渐衰老。"

求真自然知道衰老是怎么一回事。

她长叹一声。

头发渐渐稀薄，皮肤慢慢松弛，许多事，力不从心，视觉听觉，都大大退步……但是心灵却不愿意，在躯体内挣扎图强，徒劳无功。

求真脸色苍白起来，有点气馁。

于是，人类妄想长生不老。

列嘉辉说："我愚昧地到处寻访医生，使我恢复青春。"

求真"唉"一声。

"我找到名医，达成愿望，可是，他的手术犯了一点点错误。"

列嘉辉站起来，斟出一杯酒，喝一大口。

"我要求他使我回到壮年，他的手术却未到那么精密的地步，内分泌不受控制，我变成了一个幼儿。"

求真还是"呀"一声叫了出来。

列嘉辉说："卜小姐，我愿意借卷二给你看，你当可知道详情。"

求真恻然之情毕露。

"我此刻要到医院去接红梅了。"

求真看看时间，恰恰三十分钟。

一个把时间看得那么重的人，时间却偏偏同他开玩笑，真是悲剧。

求真把卷一归还。

列嘉辉忽然笑，"卜小姐，我佩服你的勇气，严格地说，我已是个一百二十多岁的老人了，你竟与我谈笑自如。"

求真不语。

任记者多年，她见多识广，深知不知多少人爱在年龄上做文章，名同利，夸大十倍来讲，寿命，则越活越缩越好。

"你不觉可怕？"列嘉辉轻轻问。

求真若无其事，"人生各有奇逢。"

这种回答，已臻外交水准。

可是列嘉辉听了，却如遇知己一般颔首。

"卜小姐，我送你出门。"

求真把卷二磁碟小心翼翼收进手袋中。

真相渐渐披露，真正奇突。

求真回到家中，立刻把卷二放进电脑中。

她的心情好比初中生看一部引人入胜的长篇小说，不管三七二十一，挑灯夜战，荒废功课也要把它读完，又好比少女谈恋爱，不能离对方半步，至好形影不离，直至地老天荒。

她情绪亢奋，脸颊发烫，紧张莫名，也不去通知小郭与琦琦，就按钮把许红梅的记忆片断播放出来。

求真喝一口冰水。

许红梅在荧幕上出现了。

她已作少妇打扮。

背景是布置别致的起居间，她握着列嘉辉的手，而他已经垂垂老矣。

列氏坐在轮椅上，双足用一方呢毡遮住，他精神甚差，双手不住有节奏地抖动。

求真轻轻道："柏坚逊症[1]！"

只听得他说："红梅……"声音模糊。

求真没听清楚，重播一次。

原来他说的是，"红梅，我原以为我们会快乐。"

———————————

[1] Parkinson，即帕金森病。

许红梅双目濡湿，"嘉辉，我的确快乐。"

"啊，"老人慨叹，"你瞒谁呢，我最好的日子，在认识你之前已经过去，近十年来，你陪伴着一个残废老者，照顾他起居饮食，寸步不离，好比笼中之鸟，红梅，我想还你自由。"

"我不要那样的自由。"

场面应该是动人的，但求真只觉唏嘘。

"嘉辉，我去见过容医生。"

列嘉辉摆摆手，不表示兴趣。

"嘉辉，去见一见他。"

"凡事不可强求。"

"其他的事都可以随他去，可是容医生说他有把握使你恢复青春。"

"你真相信有这样的事？"

列嘉辉好似笑了，在一张密布皱纹、受疾病折磨的脸上，哭与笑，是很难分得清楚的。

"嘉辉，有什么损失呢？"

"有，我想保留一些尊严。"

求真在这个当儿鼓起掌来。

可是许红梅伏在他膝上恳求，"为着我，嘉辉，为着我。"

列嘉辉笑，"我已经过了青春期了。"

"再来一次。"

"红梅，我能够做到的，莫不应允，可是我已疲倦，我不想从头再来。"

许红梅哭了。

"你让我安息吧。"

"不！"

"红梅，我同你，缘分已尽，请顺其自然。"

许红梅倔强地抬起头来，"不，人力胜天。"

"红梅，别使我累。"

他闭上双目。

求真吓一跳，列嘉辉的脸容枯槁，皮肤下似已没有脂肪肌肉骨骼，整张脸塌了下去。

许红梅抬起头来，少女时代那股倔强之意又爬上眉梢眼角。

这一幕结束了。

求真喘一口气，伸手摸摸自己面孔，老？还未算老，她忽然打算振作起来，写他几本长篇。好不好是另外一件事，喜欢做，做得到，已是妙事。

肚子咕噜咕噜响，求真做了一个三明治，匆匆咬一口，又回到荧光屏面前。

电话铃响了。

求真真不愿意去接听。

可是铃声一直坚持。

求真已知是谁，不得不按钮。

只听得一声冷笑，"你胆敢独吞资料？"

"我只不过想先睹为快。"

琦琦责怪她："求真，这次我不能帮你。"

求真心虚，"我来接你们。"

"没有用，已经生气了。"

"小郭先生，你弄到机器没有？我把线搭过来，大家一起看。"

"卜求真，你根本不求真。"

"我以为两位还没起床。"

"废话，快把线路接到九上三五四一。"

"遵命。"

做过一番手脚，求真已可与小郭异地同时看一个节目。

呵，列嘉辉已经躺在医院里了。

他似在沉睡，更像昏迷。

病榻旁的是许红梅与一位医生。

只听得许红梅说："容医生，我已签名，请即进行手术。"

"病人没有异议吧？"

"谁不想恢复青春。"

"那么，自这一刻起，我宣布列正死亡，同时也宣布列嘉辉再生。"

护理人员在这个时候进来把列嘉辉推出去做手术。

许红梅静静坐在病房中。

隔许久许久，她才说："嘉辉，我违反了你的意愿。"

她长叹一声，"原来，我爱自己，远胜过爱你。

"我不甘心放你走，经过那么千辛万苦才能结合，我一定要争取时间，你自手术间出来，便会明白我的苦心。"

她把秀丽的面孔深深埋在掌心。

时间慢慢过去，手术进行了颇长一段时间。

终于，那位容医生出现了。

他简单地说手术成功了。

许红梅欣喜。

容医生自负地说："身为曼勒研究所门生，如此成绩，雕虫小技耳。"

求真"啊"一声！

曼勒研究所的人！

怪不得有此手段，只是，曼勒研究所的门徒怎么会流落在外？

只听得那深目鹰鼻的容医生道："病人留院观察，你请回去休息。"

"我能看一看他吗？"

"他此刻的表面情况同手术前无异。"

看护把病人轻轻推进来。

病人已经苏醒，轻轻呻吟，"冷，痛，怎么一回事，红梅，红梅在哪里？"

他仍然是一个老人，前脑部位明显经过切开缝合手术。

容医生对许红梅说："我们已将脑下垂腺做出调校，自这一刻起，有关内分泌将大量产生青春激素，三十六小时之内，自动停止，恢复正常，恭喜你，列夫人，你的愿望已经达到了。"

许红梅喜极而泣。

求真冷眼旁观，十分感慨。

自古哪有天从人愿的事，通通都是人类一厢情愿，一天到晚，只盼花好月圆。

"我愿意看守在旁。"

"他还要接受一连串注射，你还是回去的好。"

"是。"许红梅转身走。

"列夫人。"

"啊，是！"许红梅想起来，打开手袋，取出一张银行本票递上去。

容医生满意地将本票放进口袋。

求真忽然在旁主观且偏见地斥责："败类。"

一讲出口，求真自己却诧异了，医生也是人，收取费用治疗病人，有何不可，为何思想迂腐到以为他们应当免费救治世人？

况且，对列氏一家来说，几位数字，十位数字，根本等闲。

是因为他来自曼勒研究所？

呵，是因为原医生从来不收取费用。

许红梅回到寓所去。

只见她自衣橱中取出最华丽的纱衣，配上闪烁的宝石首饰。

"啊，"她说，"嘉辉，你将永远摆脱轮椅，我们可以去跳舞了。"

她喜悦的神情，像一个少女，在卧室中旋转。

终于，她累了，拥着舞衣，倒在床上，甜睡着。

求真板着面孔看下去。

她自己本身也经过若干悲欢离合，生活经验告诉她，理想生活永远难以达到，无论当事人如何努力追求，人生不如意事一直超过八九。

许红梅这一觉睡醒之后，应当明白。

求真以为电话铃会响，小郭先生的意见随时会到，但是这次他难得地缄默。

求真把卷二反转来，继续看另外一面。

许红梅脸色苍白地在医务所中与容医生做交涉。

"我不明白你的手术错在什么地方？"

容医生面色更差，神情沮丧，如斗败的公鸡，同前一幕趾高气扬、意气风发的姿势，相差何止十万八千里，他低着头，握着拳头，"列夫人，我承认错误。"这句话说出来，对他来讲，比死还痛苦，但是对许红梅来说，完全不足以交代。

"错在哪里？"

容医生喃喃道："我以为我控制了内分泌。"

许红梅的声音尖起来，"你把他怎么了，他在什么地方，让我见他！"

"他很好，身体健康，发育正常。"

许红梅仍不放心："我必须立即见他。"

"我愿意退还诊金。"

许红梅一掌推开容医生，"我不知你在说些什么，带我去见嘉辉，快！"

"列夫人，你要有心理准备。"

"发生了什么事，他不对了是不是？你拿他来做实验白老鼠，你这个庸医，你胆敢夸下海口，骗取我的信任。"

"列夫人，世上没有百分之百安全的手术，他仍然生还！"

"他已变成植物人。"许红梅面色灰白。

"不！他心身完全健全。"

这时，他们身后布幕"唰"一声拉开，一个戴着口罩的护理人员站在玻璃后一间隔离病房里抱着名幼儿。

幼儿见到人，手舞足蹈，非常活泼开心。

许红梅如逢雷击，霍一声转过头去，看着容医生。

容医生沮丧到极点，"他的生长激素一直迅速往后退，我无法使之停止，原以为他的生命会还原，退回一组细胞去，可是三十六小时之后，它却自动停住，列夫人，这是列嘉辉，他少年两岁，智力正常，身体健康，活泼可爱。"

许红梅退后两步。

求真以为她会掩着脸尖叫起来，直至崩溃。

啊，可怕的错误。

时间太会同他俩开玩笑了。

不多不少，他们两人的年纪，仍然相差四十载。

在时间无边无涯的荒原里，四十年算得什么，亿万年说过去也已经过去，至少，现在她仍然看得见他，他也看得到她。

幼儿把胖胖双臂伸出来，似认得许红梅，似叫她抱。

许红梅凄凉地笑，"这是上帝对我贪婪的惩罚。"

她的脸色转为祥和。

容医生意外了。

啊，她深爱他。

许红梅接着说："让我带他回家。"

"列夫人——"

许红梅摆摆手，"命该如此。"

"列夫人，请听我说，事情还有挽回余地。"

许红梅凝视容医生。

"在曼勒研究所中，有一个人可以达到你的愿望。"

"谁?"

"他姓原。"

"比你如何。"

容医生抬起头，想一想，叹口气，"我之比他，好比萤火比月亮。"

求真听到这里，嗯了一声。

能够说出这样的话来，这个庸医，也自有其可取之处。

这世上有许许多多的萤火，一上来，就先派别人为萤火。

"啊！"

"你可去求他。"

"我如何接触他？"

"我离开曼勒已有一段日子，曼勒研究所可能根本不承认我这个人存在，列夫人，我怕你要自己下功夫。"

"我明白，"许红梅居然微笑，"岁月悠悠，我也无事可做，宁可花十年八年来寻访这位原医生。"

"列夫人——"

"你放心，我不会追究错误。"

容医生却不能释然，额角仍然冒出亮晶晶冷汗来，"我将从此退出江湖。"

许红梅不置可否，那诚是庸医自己的事了。

她套上白袍口罩，走进隔离病房，轻轻自看护手上接过小小列嘉辉，拥在怀中，如获至宝。

"嘉辉嘉辉，我愿意一生服侍你。"

两岁的列嘉辉依偎在许红梅怀中，十分亲热。

求真记得这一幕，她与那孩子形影不离，她曾经抱着他到小郭侦探社。

卷二到此结束。

求真自沙发起来，走到露台，吹一吹清凉海风。

许红梅并无食言，她亲手带大了列嘉辉。

求真问自己，你做得到吗？

她结过两次婚，到后期，连看到对方都觉得烦腻，故速速分手，倘若对方变回幼儿，她会尖叫一声，把对方交给育婴院。

门铃响。

上门来的是琦琦。

"真相大白了。"她一进门便这样说。

"真相不难明白，许红梅对列嘉辉的爱意真正令人钦佩。"

琦琦笑，"这是注定的，前半生，他看她长大，后半生，她看他长大。"

"可是，他俩始终没有一起成长。"

"很奇怪，是不是？"

"小郭怎么说？"

琦琦答："他正与原医生接头。"

"原医生这些年到底在什么地方？"

"他大抵在一个不受时间控制的空间。"

两个女子坐在一起，不约而同，齐叹口气。

琦琦问："你在想什么？"

"琦琦，两人能够如此深爱，不枉此生。"

琦琦也点头。

"假使小老郭先生回到孩提时期去，你会照顾他吗？"

琦琦掩着嘴笑，"噫，那家伙幼时一定顽劣。"

"而且自三岁起便有强烈好奇心。"

"嘿，他家长可想而知吃尽苦头。"

求真哈哈笑起来，"我不介意与童年小郭见面。"

琦琦一直笑。

"可以拧他脸颊，可以教他打筋斗，可以带他去吃冰激凌，"求真说，"为好朋友做点事是很应该的嘛。"

琦琦亦觉有趣。

求真忽然收敛笑容，"当然，那是因为小郭先生可爱，所以我们不介意爱他，爱得超越时空，一并爱上他的童年，"她停一停，"可惜世上可惜的人多，很多时候，我甚至不愿同他们共处一室。"

琦琦知道求真两次婚姻都不愉快。

求真告诉琦琦，"开头，我还天真好欺侮，不住检讨自己，认为自己也必定有错，到后来，人渐渐聪明，咄！假如我错在没有多忍耐三十年，我承认错误。"

"算了，过去就算了。"

求真自嘲，"可是我一辈子没享受过男欢女爱。"

琦琦微笑，"叹人间美中不足今方信。"

"你懂得什么，小郭先生有才有情。"

"那不容置疑，可是我同他只是朋友。"

"那是最含蓄最曼妙的一种关系，羡杀旁人。"

琦琦凝神："幼年的列嘉辉一定给许红梅带来无限欢欣。"

电话来了。

求真接听，随即高兴地说："说到曹操，曹操即到，女士已经出院，要见我们呢。"

"还等什么？"

许红梅很明显梳洗打扮过，坐在一张沙发上，头轻轻往后仰，靠着椅背，精神尚佳。

求真从没见过那么清秀的老太太。

她向客人微笑，"劳驾二位。"

求真问："列先生呢？"

"我叫他出去走走，别妨碍女孩子们聊天。"

"您无须休息？"

"我都快永远安息，趁还能见朋友，要把握机会。"

求真按住许女士的手。

"你们看过卷二了？"

求真颔首。

许红梅回忆，"把嘉辉带回了家，我俩便过着相依为命的生活。保姆、车夫，以至邻居，全以为他是我的孩子，事实上嘉辉是一直叫我妈妈，妈妈。"

琦琦说："我记得他是一个特别的孩子。"

"嗯，非常合作，存心来做人，晚间从不扰人清梦，爱吃、爱睡、爱玩，待上了学，举一反三，思维敏捷，活泼可爱，又懂得尊重师长，我总算见识过了，自小到大，列嘉辉都是个十全十美的人。"

求真心念一动。

她爱他，才那么说。

她父亲许仲开就肯定不会认为列嘉辉是个无懈可击的人。

不过求真口中附和："是，那样的人，万中无一。"

琦琦也说："你十分幸运。"

"但是我一直寻访原医生，三十多年以来，他音信全无。"

"他是一名游侠儿，可能浪迹到仙境去了。"

"是，山中方三日，世上已千年。"许红梅微笑。

看样子她也已臻化境，无所牵挂。

"我七八岁的时候，初见列嘉辉，他差不多就是现在这样子。"她长长叹息一声。

一看就知道是累了。

求真站起来告辞。

"告诉郭先生，把案子结束吧，许红梅的故事到此为止了。"

琦琦轻轻点头。

求真却说："可是，那位原医生已经出关。"

许红梅失笑，扬扬手，"与他有缘的人，自可见到他，至于我，我已无所求。"

琦琦拉拉求真衣角，暗示她离去。

求真握一握许女士的手，与琦琦退出。

还没上车，就被人叫住。

"两位请留步。"

求真听出是列嘉辉的声音。

列嘉辉开门见山，"我已委托郭先生代我继续寻访原医生。"

求真讶异，"可是许女士说她已没有要求。"

列嘉辉笑了，"我有。"

琦琦忍不住问："你知道你在做什么吗？"

列嘉辉转过头来，看住琦琦，"我当然知道，琦琦小姐，你更应明白我为何想见原医生。"

琦琦想到她自己那与年岁不甚相配的躯壳，不禁汗颜，窘得噤声。

求真问："你可有征得许女士同意？"

"当年，她把我交给容医生，我亦蒙在鼓中。"

求真张大了嘴。

自另外一个角度看这不也就是冤冤相报。

她不由得脱口而出，"这场纠缠，历时会不会太长了一点？"

列嘉辉却答："我们相爱，我们一定会达到愿望。"

"但是许女士此刻的意愿是好好休息。"

"她年纪大了，她不知道自己应该争取什么，我有责任帮她做出抉择。"

求真忽然之间不客气了，"你若真爱一个人，应当尊重她的选择。"

列嘉辉迅速回敬，"卜小姐，我猜你对感情的了解没有我深，假使你有子女，你便会知道，孩子们根本不愿上学，督导他们入学受教育，是否不爱他们？"

求真看着列嘉辉，唇枪舌剑，"许红梅不是小孩子。"

"我却做过她的孩子。"

求真希望她听错了，这语气里是否有点报复意味，当然不，一定是她耳朵出了毛病。

琦琦把求真的衣袖几乎扯了下来，求真才肯说："再见，列先生。"

她开车离去。

途中求真说："我希望小郭先生不要接受这件案子。"

"据我猜想，即使列嘉辉不去委托他，他也忍不住要把老原找到为止。"

"那么，我希望原医生拒见列嘉辉。"

"为什么？"

"琦琦，你不觉得强迫一个人一直活下去是件非常累的事？"

琦琦微笑。

求真又说："他俩肯定相爱，却不互相尊重。"

"也许，他们是周瑜黄盖，天生一对呢？"

求真发呆，"开头我以为他们是神仙眷属，此刻我的想法有点改变。"

"明明是凡人，如何变神仙？那不过是夸张的形容词罢了。"

"找到原医生，他们打算怎么样。"

琦琦说："我猜想列嘉辉会提出要求，请原医生把许红梅变得与他年龄相若，那样，他们才可以真正双栖双宿，过正常生活。"

"原医生会应允那样荒谬的要求吗？"

"我们很快便会知道。"

小郭在书房等她们。

求真一进书房，一骨碌滚到那张旧沙发上。

小郭瞪她一眼，"以熟卖熟，没相貌。"

"唉，能躺的时候，千万别坐，能坐的时候，千万别站。"

琦琦说："我自四十岁那年，就明白此项道理。"

"四十岁？真年轻。"求真唉声叹气。

"同老原联络上没有？"琦琦问。

小郭得意扬扬，一雪前耻，"找到了。"

"肯见我们吗？"

"约会已经订好。"

琦琦看求真一眼。

"我已把卷一卷二给他看过，他很有兴趣。"

"过去三十多年，他去了何处？"

"去了一个无线电波够不到之处。"

求真"嗤"一声笑，"航行者早已可把信息自冥王星传返地球，莫非他去了冥外行星？"

"或许更远。"

"去了那么久，不闷？"

琦琦忽然说："或者人家有爱人相伴。"

求真艳羡道："真有福气。"

"我们在何处见面？"

"本市。"

琦琦放下心来，"我始终最怕长途跋涉。"

"是。"岁月不饶人，小郭有同感，"下了飞机还要过五关斩六将，累坏人。老原神通广大，弄到全球通行证件，一亮相，直行直过，不用排队轮候，方便过你我。"

"约在几时？"

"明日黄昏一定出现。"

"我们静等他就行了。"

求真问："原医生什么年纪？"

小郭答："应同我差不多，"想一想，又补几句，"我长得老气，才貌均不出众，原氏英俊爽朗，风流倜傥，看上去当比我年轻。"

琦琦笑，"上帝有时真偏爱某几个人。"

"原医生之比列嘉辉如何？"

琦琦说："我没见过原氏。"

小郭却说："原医生才华盖世，外形出众，又极有正义感，犹如一只点亮了的玉瓶，光芒晶莹，非凡人能比。"

求真肃然起敬，"啊！"

"列嘉辉与许红梅二人，终其一生营营役役，不外是为着儿女私情恋恋红尘，卿卿我我，那种气质，与干大事的人不能比。"

求真又"啊"了一声。

小郭说："原某生活在另一个层次中。而且，一直以来，他是个有情人，慷慨热诚，不可多得。"

求真心向往之。

小郭说："一个人若单爱自己，境界始终不高。"

琦琦笑，"总比不自爱者高出若干吧！"

小郭又说："若连自爱的能力都没有，那么，也不用继续生活下去了。"

求真忽然不再同小郭抬杠，她由衷地说："听君一席话，胜读十年书。"

小郭说："原君是我偶像。"

求真问："他，没有家室吧。"

"一直独身，这是我与我偶像唯一相似之处。"

第二天的黄昏，来得不早不迟。

求真发觉，一过了中年，有个好处，就是时间过得比较快，对一切盼望，自然不那么追切。

她还是抬头看了好几次钟。黄昏，大约是指下午四时至六时这段时间。

太阳一下山，黄昏也就结束。

这正是初夏，太阳下山的时候比较晚一点，他们三人也就等得比较久一点。

当一部机器脚踏车的声音自远趋近之际，求真还不知道那会是原医生。

机车在他们家门口停住，有人急促按铃，求真走到窗前去张望，只听到来人大声嚷："小郭，你还不倒履相迎？"

求真目瞪口呆，这人看样子不超过三十五岁，难道他便是原医生？

小郭说："快开门，他来了。"

老人家的管家也老，求真只得自己来，把大门打开。

只见门外站着个高大的年轻人，留胡髭，衣衫褴褛，一阵汗臊气，皮肤晒得赤棕，只有一双眼睛炯炯有神，他啊哈啊哈笑两声，"小郭呢？"

小郭走过来，"老原，我在这里。"

他与小郭打个照脸，呆住，与小郭拥抱，忽然泪盈于睫，"小郭，你怎么老了？"

小郭啼笑皆非，"废话，人自然越来越老，谁似你，年纪活在狗身上。"

原医生镇定下来，看到琦琦，向她点点头，"你好。"

求真笑，"琦琦，小郭先生骂你呢。"

琦琦无奈，"他是个人来疯。"

"请坐请坐，"原氏扬着手，"小郭，拿酒来，我们好好叙旧。"

"等了你几十年。"小郭咕哝。

原氏有点歉意，"我听电脑说，过了地球时间三年之后，只有你一个人还在找我。"

小郭摊摊手，"本来同你是陌生朋友，找了多年，变成老相识。"

"真的，所以一叫我，立刻来府上报到，将功赎罪。"

"你要不要先淋个浴？"

"小郭，你年纪大了也婆妈起来，有没有肉？好送酒。"

琦琦站起来，"我去切白牛肉。"

"加点麻辣酱。"

"是。"

原医生竖起大拇指，"好伴侣。"

求真在一旁观察，但觉原氏豪迈诙谐，不拘细节，爽直可爱，完全是另外一种人。

她觉得小郭对他并没有过誉。

她问："原医生，你怎么会这样年轻？"

"这位是卜求真吧？"

"可不就是她。"

"小郭你朋友多且亲，真好福气。"

"说说你的长春不老术吧。"

原氏答："很简单，过去三十五年，我生活在另一个空间，在那里，度日如年，该处的一年，等于地球十年有多。"

"仙境！"

原氏摇头，"仙境的居民，却不觉得快乐。"

"为什么？"

小郭插口："生活沉闷。"

原医生笑笑，"是，他们不懂得自处。"

真的，享受生活无固定标准，你认为一掷千金才叫享受，他却觉得静静阅读方是真正乐趣，但一个人，假如不懂自得其乐，一定觉得生活苦闷。

这么些年来，求真都独居，亲友数目极少，她也时时觉得寂寞，可是她有许多嗜好，尤其是写作，胡思乱想，情绪低落之际,她便坐下来,写一篇与自己生活无关的杂文,写毕之后,顿时神清气朗。

求真又喜寻幽探秘,当下她便追问:"仙境的高级生物,外形如何?"

原医生挠挠头皮,温和地答:"我答应过不讲出来。"

小郭马上说:"我生平最怕保守秘密。"

琦琦拍手,"真的,什么都是他自己说的,完了又怪人家出卖他。"

"惨是惨在谁也不想听他的秘密,牺牲宝贵时间、精神奉陪,到头来还怪人。"

闲扯一顿,书归正传。

"原,你对许红梅的遭遇可有兴致?"

"小郭,你找我那么多年,就是为了她?"

"是。"

原医生说:"真正相爱的两个人,不论阶级、身份、年龄、种族,她对细节太耿耿于怀。"

求真忍不住说:"原医生,我们只是普通人。"

"刚相反,一般人要求才往往太多太高太过繁复。"

小郭有点急，"老原，听你的口气，仿佛不表兴趣？"

"他们已经共处超过半个世纪，形影不离，夫复何求，君不见牛郎织女，一年才能在七夕见一次。"

"是是。"求真附和，"但丁也只见过比亚翠斯[1]一次。"

"喂，老原，这表示什么？"

原医生吁出一口气，"小郭，这表示你接案子之时，太过感情用事。"

琦琦与求真笑起来。

小郭怪叫："你拒绝我。"

"我拒绝的是许女士，与你无关。"

"不行，这件事我已经上了手。"

"小郭，你应是个艺术家。"

小郭悻悻然，"你尽情讽刺好了。"

"许女士要求什么？"

求真说："他们要求同年同月生。"

原医生笑，"真是好主意。"

---

[1] 即贝雅特丽齐，《神曲》中的重要人物之一，也是在但丁一生中具有重要意义的人。

"你做得到吗，原医生？"求真用到十分低级的激将法。

原氏笑了。

小郭追击，"再说，你们曼勒研究所的人闯的祸，理应由你收拾残局。"

"唔，好像是老容在外犯的错误，此人私自影印实验室一本笔记，学得些许皮毛，以为练成神功，便私自下山，直想扬名立万。"

求真问："他是你的徒子，抑或徒孙？"

"他是我师伯的徒儿。"

"呵，师弟，你师伯有无叫你清理门户？"

原医生看着求真笑，"卜小姐爱看武侠小说。"

"对，我爱读好小说，形式不拘。"

"此时老容行事小心得多，由弟子出面，出售青春激素，已成为巨富，又是著名慈善家，成就比我强。"

"啊。"

世事往往如此。

原氏自嘲，"说不定几时师伯嫌我行事怪诞，叫他把我清理掉呢！"

琦琦吁出一口气，"恢复青春，是人类亿万年来的意愿。"

原医生忽然笑，"人人都息劳归主，单剩我们活着，又有什么味道？"

琦琦抬起头，"看着相爱的、熟悉的人一个个衰老去世，真是悲剧。"

小郭如不耐烦了，"喂，别开研讨会好不好？老原，你到底见不见客？"

"我若不准备见她，也不会在府上出现了。"

"咄！"小郭总算放下心来。

一旦完成任务，得偿所愿，他又觉得出奇地空虚，这是他侦探事业最后一件悬案，之后，他可以完全淡出退休。

求真明白他的心意："小郭先生，你大可以东山再起。"

小郭咕哝："这副老骨头——"

原医生给他接上去，"你要换一副？容易得很，到曼勒研究所来。"

琦琦忽然说："原医生，并非不敬，我老觉得你们那里比马戏班还热闹。"

原医生目光炯炯，"如何见得？"

"你替我做完手术，我在出院那个上午，有点空当，曾离开病房五分钟。"

"护理人员没同你说，不得擅自游荡吗？"

琦琦没有回答这个问题，她只是说："我打开了门，看见走廊对面，也是一道门，门里，当然是另一间病房。"

"你没有敲门吧。"求真太好奇了。

"没有，但是我听见对面门内，有猛兽咆吼嘶叫之声。"

连小郭都打个突，琦琦从无说起此事。

琦琦说下去，"我惊问：'谁？'对面病房里的住客听见了，忽作人声，沉声答曰：'我是斯芬克斯！'我连忙退入房内，紧紧关上门，浑身打哆嗦。"

求真看着原医生，"狮身人面兽斯芬克斯？"

原医生给了一个绝妙的答案："我不知道，那不是我的病人。"

小郭说："琦琦，那是你的幻觉吧？"

"我不认为如此。"

"那么，"小郭说，"曼勒研究所的确精彩过马戏班。"

求真有点怕原医生反对。

　　但是她的担心是多余的，只听得原氏轻叹一声，"会员所学，的确太杂了一点。"

　　小郭说："我去通知许女士前来会面。"

　　"约好时间，知会我。"

　　原医生站起来，把杯内之酒喝个涓滴不剩，打算离去。

　　"原医生，"求真喊出来，"陪我们多聊一会儿。"

　　小郭瞪求真一眼，"他的职业不是说书。"

　　求真问："原医生，你的事业可是探险，继续探险？"

　　小郭忽然拍着桌子大笑起来，"不，他的任务是失恋，继续失恋！哈哈哈哈哈。"

　　原医生真好涵养，只是无奈地摇摇头，无言离去。

　　他一出门，琦琦便发话，"小郭，你这个人好无聊，怎么可以这样揶揄他？"

　　"我说的都是事实。"

　　"但那是他的伤心事。"

　　"我同他，已熟不拘礼。"

　　"我最恨就是这一点，最亲密的人之间尚且是留些余地好，何况是朋友。"

小郭瞪着琦琦，"所以我同你的距离深若峡谷。"

他们吵了几十年，有时还真不像打情骂俏。

求真连忙解围："我们赶快去约许红梅吧。"

琦琦却不悦地拂袖而去。

求真叹息："小郭先生，你迁就她嘛。"

"她处世有一套怪标准。"

求真说："我观察了那么些年，她那一套，也不会比你那套更怪。"

小郭不语。

"人生苦短，何必为小节争意气。"

"求真，你已学得大智慧。"

求真啼笑皆非，"小郭先生，你又来嘲笑我。"

小郭戴上帽子，"我已意兴阑珊，求真，你去办事吧，我且回家休息。"

"我送你。"

小郭不住摆手，"免礼，你且去办事。"

求真赶到列府，管家见是熟客，自动迎她进内。

许红梅在后园，坐在轮椅上沉思，一名看护侍候在旁。

老人家头发干枯，风一吹来，萧萧白发飞舞，她一动都不动，仿佛盹着了。

求真轻轻走近。

许红梅这才抬起头来。

求真在她耳畔说："我们找到原医生了。"

"呵，替我问候他。"

"他打算同你见个面呢。"

许红梅笑笑，"你看这茶花开得多好，可是它不及栀子，花若有色无香，还不算好花，可是世间几乎所有香花都只是白色，除却玫瑰，所以世人爱玫瑰，自有道理。"

求真唯唯诺诺。

过了一会儿，许红梅又说："年纪大了，十分懒动，穿衣妆扮，都费力气，精神不够，也是对客人不敬，请你对原医生说，恕我不出来了。"

求真说："他是医生，他会明白的。"

许红梅仰起头，看天空，又垂首，轻轻对求真说："昨夜我睡在床上，忽然想象肉身已经下葬，渐渐与大地融合，那种感觉，异常舒畅，原来，我并非那么畏惧死亡。"

她肯定无意与原医生见面。

求真把手放在她手上。

"小友,你明白吗?"

"我尊重你的意愿。"

"人生活沉闷,不论是学业事业,恋爱结婚,过一次足够。"

求真颔首。

"替我问候原医生。"

求真只得告辞。

在门口,她遇见神情兴奋的列嘉辉。

求真忽然发觉小郭对他的评论真确到惊人地步,列嘉辉一生孵在个人小世界中,未曾踏出半步,你可以说他一辈子住温室中,欠缺生命感。

当下他对求真说:"郭先生说,他已找到原医生。"

求真点头。

"我们随时可以与他见面。"他高兴到极点。

"我同许女士谈过——"

"不必理她。"

"不必理她。"求真愕然。

这一切难道不是为了她。

"她老了，已经糊涂，她不知道要的是什么，我是她唯一的亲人，我可以签字叫她做手术。"

求真反感至极，"你想摆布她。"

"这一切均为她好，你不会以为我想害她吧？"

求真嗅到鱼腥气，这里边有文章。

"卜小姐，我劝你不要干涉我们之间的事。"

求真看他一眼，一言不发，离去。

她思考了一个晚上，第二天，她同小郭说："你有无徒儿，门生，助手？"

"你找他们干什么？"

"我想彻查列嘉辉。"

"老原几时与他们见面？"

"且不忙这个。"

"求真，速叫老原见了他们，了结此案，大家可以心安理得退休。"

求真异常固执，"没有熟人？"

小郭叹气，"我介绍侄孙给你。"

"呵，是小小郭，敢情好。"

"求真，不必节外生枝了。这一对情侣的遭遇十分妖异，别忘记列嘉辉是个一百二十岁的老人精，诡计多端，你可能不是他对手。"

"我不是要与他斗，请放心。"

"掀他隐私，便是他敌人。"

"我会小心。"

小郭又长叹一声。

小小郭上门来的时候，求真在沙发上盹着了。

门铃响到第三下，她才挣扎着睁开双眼。

她苦笑，从前，一听到风吹草动，立刻可以跳起来。

从前，从前还打老虎呢，最残忍便是说到从前。拉开门，她吓一跳，门外站着的少年人，同小郭如一个印子印出来。

呵，岁月如流，他大哥的孙子都这么大了。

"卜太太，"他脱下帽子，"我叫郭晴。"

"请进来，"求真一边纠正他，"我是卜女士。"

　　小子大概以为女性到了那个年纪，太太小姐女士也无甚分别，故此没有道歉。

　　求真原谅他，"郭晴，你替我去查这个人的私生活。"她把列嘉辉的照片及地址给他。

　　"容易。"郭晴笑嘻嘻。

　　求真忽然问："郭大侦探是你什么人？"

　　"他是我祖父的弟弟。"

　　"你叫他什么？"

　　"叔公。"

　　"你叔公叫什么名字。"

　　年轻人刚欲张嘴，忽然醒悟，眼睛闪出慧黠神色来，"他没同你说？"

　　求真气结。

　　郭晴接着说："他也没跟我说。"

　　求真好计失败，一无所获，恼羞成怒，撵走他："去！去！限你二十四小时之内做报告出来。"

　　郭晴听见大门"哟"一声在他身后关上。

　　"唏，"他自言自语，"年纪那么大火气仍然不减，可想当年是如何火暴，难怪做老小姐。"

幸亏卜求真没听见。

她正在唏嘘：有儿大得快，一晃眼已是个少年人，没有子，有侄也一样，小郭找到承继人，不愁寂寞。

卜求真就没那么幸运了。

她闭目养神。

下午，列嘉辉找她："卜女士，你替我约了原医生没有？"

她很客气地说："我想你弄错了，列先生，我并非你的雇员，我不会提供服务。"

"你不是郭先生的伙计？"

"我只是郭先生的朋友。"

列嘉辉一愣，到底有他的风度，没有多话，只说："那我找郭先生交涉。"

"最好不过，再见。"

过一刻，小郭找求真。

"求真，列嘉辉催我，我已代他约了老原后日下午见面。"

求真不语。

"求真，我不过是扮演中间人角色。"

"许红梅并不愿意恢复青春。"

小郭答老实说，"我也不愿，从头再来，历劫红尘，苦不堪言。"

"你也这么想？我还以为做男人容易些。"

小郭奇道："我却一向认为女人好做。"

"让我这样说：要做得好，男女都不易。"

小郭笑了，"届时，你要不要来？"

"我当然来。"

"求真，看样子你又找到特稿题材了。"

第二天傍晚，年轻的郭晴来向求真报到。

求真板起面孔，教训晚辈："你迟到。"

讲好二十四小时：已差不多三十个钟头。

小郭晴笑笑，"欲速则不达。"

这小子，一张嘴巴得他叔公真传。

"把报告呈上。"

"是，您让我调查的人，叫列嘉辉，今年三十八岁，在列氏进出口洋行挂名做董事，实则一星期也不上公司一次，他大概是个二世祖，不必做工，吃用不愁，羡杀旁人。"

听到这些，求真笑了，这语气是多么像年轻时代的郭大侦探。

"列某身家清白，无不良嗜好，是个正经人，生活正常，事母至孝——"

求真"嗤"一声笑出来。

郭晴不知她为何发笑，怔了一怔，随即说下去："婚姻美满，列太太是个美女——"

求真呆住，再一次截停，"你说什么？"

郭晴放下文件夹子，"就是这么简单。"

"他已婚？"求真不置信。

郭晴答："他与妻子住在嘉辉台一号，据邻舍的女佣说，他们结婚已超过五年，感情融洽，但没有孩子，列太太姓余，叫余宝琪，是一位业余小提琴手。"

求真惊讶地张大了嘴，讲不出话来。

"你的的确确没有弄错？"

"这样简单的案子，敝侦探社一天做三单。"

求真的脸渐渐挂下来，心内充满悲哀。

"卜太太，你还要我查什么？"

求真连更正她不是卜太太的心情都没有。

"有无照片？"

"自然。"

放大彩色照片中那位年轻的列太太浓眉大眼，笑容可掬，非常富现代气息，五官秀丽，的确长得好，一看打扮，就知道是位艺术家，一身白衣，翡翠耳坠，她与列嘉辉正在说笑。

郭晴说下去："每日下午，他必定去见他母亲，直至黄昏才离去。"

求真喃喃道："真想不到。"

郭晴问："想不到什么？"

"想不到他会结婚。"

"卜太太，结婚是很正常的一件事。"

奇怪，这老太太同列嘉辉夫妇有什么瓜葛呢？年龄上全不对，不可能是情敌。

"原来不过是这么一回事。"

"怎么一回事？"小小郭莫名其妙。

"年轻人，你来告诉我，"求真感慨得说不出话来，"这世上到底有无至情至圣的人？"

小郭晴笑了，用拳头擦擦鼻子，不言语。

求真知道这一句可笑，深深叹息。

郭晴见她如此失望，忍不住劝解："卜太太，在现代社会中，做情圣不算一项成就，无人致力于那个了。"

"你说得对，小朋友，但是这个人，我满以为，唉，他应该，呵，算了，不说也罢。"

"卜太太——"

"这是我最后一次同你说，我不是卜太太，我是卜女士，你给我好好记住。"

郭晴打躬作揖地离去。

求真忍无可忍，亲自出马，到嘉辉台去求真。

她挑列嘉辉去探访"母亲"那一段时间。

一接近那幢小小洋房，求真便听到一阵悠扬乐声，呵，列太太正在练琴。

求真上前敲门。

琴声中断，那年轻女郎亲自来开门。

真人比照片还要好看。

"找哪一位？"

求真笑笑，"是列太太吧，我是这幢房子从前的住客，最近自外国归来，特地来看看故居，邻居们说，现在你们住在这里。"

那位太太到底年轻，阅世不深，不防人，况且，见来人是上了年纪、衣着考究的女士，便客气地说："请进来喝杯茶，贵姓？"

"我姓余。"

"真巧，我也姓余。"

求真与她喝了一杯茶，享用了一份糕点，短短时间，她已知道余宝琪完全蒙在鼓里，绝对无知，她出身良好，教养极佳，深爱列嘉辉，但完全不了解他。

求真见目的已达，起身告辞。

余宝琪送她出来之际，犹自殷殷地说："我们把这面墙改过了，客厅宽敞些，嘉辉说我们不需要那么多房间。"

求真看着她。

"嘉辉长嘉辉短，列先生比你大很多吧？"

"才十岁罢了，"余宝琪甜甜地笑，"刚合适，你认为是不是？"

求真忍不住在心底冷笑一声，恐怕不止呢，恐怕要比你大一百岁呢！

她悄悄离去。

求真到另一个列宅去找另一位列太太。

许红梅的精神更差了，真似油尽灯枯，求真蹲到她面前，忽然怔怔地落泪。

许红梅拂一拂求真的头发，温言问："受了什么委屈？"

"不，不是为我自己。"

"那么，是代别人抱不平？"

求真不语。

"是谁？"许红梅轻轻问，忽然之间，她明白了，"是为我？"

求真仍然不语。

"啊，你都知道了，"许红梅感慨地说，"真的，什么都瞒不过你这样的聪明人。"

求真点点头，"果然不出我所料，你也一早知道他的事。"

许红梅笑笑。

"所以你不愿与他一起去见原医生,你觉得已没有意思。"

许红梅轻轻说:"变了的心,再年轻还是变了的心。"

讲得真透彻。

求真轻轻问:"你是什么时候发现的?"

"啊,一早一早,在第三者还在音乐学院修读的时候,我并非一个不敏感的人。"

"他一直瞒着你?"

"不,他一直没同我说起。"

"他不知道你已洞悉一切?"

许红梅忽然反问:"你猜呢?"

"我猜你们二人是明白人。"

许红梅笑了。

"这五年来,你没想过拆穿他?"

"不止五年了,算起来,他们自认识迄今,已有上八年光景。"她加一句,"我并不糊涂。"

求真语结。

许红梅反而要安慰她:"别难过,我们生活在真实的世界里,没有一个人,没有一件事是完美的。"

求真牵牵嘴角，"我还以为你俩是神话故事中的三世夫妻。"

"啊，"许红梅失望，"那不行，那实在太累了。"

"列嘉辉在你心目中，仍然完美？"

"我最最了解他。"

"我希望是。"求真说。

许红梅感喟："过去几年，每日黄昏，他均服侍我喝一杯热牛乳，待我睡下，才去过他的生活，那已经是很大的牺牲。"

求真却不那么想，"盛年的你，何尝没有陪伴过年迈的他。"

这时，看护放下书本站起来，"这位女士，下次再谈吧，老太太累了。"

求真只得告辞。

想到当年十五二十岁时，通宵谈论志向宏愿，天亮了精神奕奕喝咖啡去，根本不知累为何物，没想到现在说话要分开一截一截讲。

她上了车，刚要驶走，一辆房车冲上来在她对面刹住。

求真吓得跳起来，两车距离不到一公尺。对面司机是列嘉辉。

他下了车，满面怒意，"你要是男人，我真想把你揍一顿。"

求真不出声，难怪他生气，她的确多管了闲事，且用过不正当手段。

"卜小姐，没想到你有那么大的本事。"

求真听出他语气中渐渐无奈多过怒气，便下车来。

"卜小姐，我们得找个地方好好坐下来谈谈。"

求真"呵"一声，"人们看见了会怎么说？"

"我会告诉他们，我年纪足可做你祖父。"

求真笑了。

列嘉辉毕竟有他可取之处。

她的车子跟他到一间私人会所。

"你见过宝琪了。"

"是一位不可多得的好女子。"

列嘉辉承认，"我很幸运。"

"她不知道你已一百二十多岁吧？"

"不。"

"不敢告诉她？"

"我一直到十多岁才想起前生种种，原来当年的我雄心勃勃，不顾一切，想立万扬名，但自从再世为人之后，我对事业毫无兴趣，只想与心爱的人过恬淡生活。我觉得没有必要与宝琪提到过去。"

"许红梅知道你的事。"

"我知道她知道。"

"你没有歉意？"

"我由她带大，她自然原谅我。"

"既然已有美满生活，为何仍要劳驾原医生？"

列嘉辉抬起眼来，"我告诉过你，这一切是为了红梅，你一直不信。"

"看来是我糊涂了。"求真语气讽刺。

"活该，这是多管闲事的报应。"

求真气结，但列嘉辉有双会笑的眼睛，并且他懂得小事化无的艺术，求真发作不得。

"卜小姐，答应我别再扮游客去探访故居及故人。"

"好，我不去骚扰余宝琪。"

"谢谢你，你不知我有多感激你。"

他真是软功高手。

"还有，红梅身子实在差，你最好也别与她谈太多。"

"我明白。"

"卜小姐，你真体贴。"

"列先生，我很佩服你。"

"我？我是无名之辈，又无一技之长，不过靠小小积蓄度日，有什么过人之处？"

求真答非所问："我一直相信，只有可爱的人，才会有人爱他。"

列嘉辉不语，他随即微笑，他乐意接受任何年龄女性的赞美。

但求真仍然好奇，"每日黄昏，你怎么同宝琪说？去见你母亲？"

"不，"列嘉辉更正，"去见我所爱及尊重的长辈，风雨不改。"

说得好。

"她没有疑心？"

"你已经说过，宝琪是另外一个不可多得的女子。"

呵，是，聪明人不多问题，聪明人从不企图去揭穿他人的秘密，即使那人是亲密伴侣。

"卜小姐，你肯定也是聪明人。"

"不，我不是，"求真慨叹，"第一，我运气不大好，第二，我不懂转圈。"

列嘉辉马上说："我肯定那不是你的损失。"

求真笑了，"我也这么想。"

列嘉辉很认真，"一定。"

求真十分感激："谢谢你。"

"什么话！"

一杯咖啡时间他与她便化干戈为玉帛，列嘉辉多么懂得处理迁就女性的脾性，求真叹息一声，她年轻时亦是个标致的女郎，可是她从来没遇到过列嘉辉那样知情识趣的异性。

她所遇到的人流，要与她斗到底，一句话不放松，死要叫她认输，求真自问是个动辄便五体投地的人，偶像无数，只要人家有一点点好处，她便欣赏得不得了，可是，他们并无优点。

没有优点也不要紧，但身无长处而时时想叫人尊重，可真吃力。

求真又叹息一声。

琦琦在家等她。

她轻轻说："意想不到。"

求真脱下外套，踢掉鞋子，"真的。"

"给你做许红梅，你会怎样？"

"我不要做许红梅，生活那么单调，一生只对着一个人。"

"可是她一生都可以与爱人在一起。"

"是，把他带大成人，他却同旁人结婚。"

琦琦笑，"你的器量浅窄。"

"谁说不是。"

"故事到这里，告一个段落了。"

"谁说的？故事才刚刚开始，他们已找到原医生。"

"可是，经过原医生的手术，展开的，将是新的故事。"

求真躺在沙发上，喃喃道："一生只爱一个人。"

"你可做得到。"

124

　　"我所遇到的人，没有那么可爱，"求真想一想，"还有，我自己也不太可爱。"

　　"能说这样的话，至少有一点点可爱。"

　　求真与琦琦大笑起来。

　　求真凝视琦琦，"你一生所爱，是郭先生吧？"

　　琦琦讪笑，"你怎地小觑我，求真。"

　　"你们俩谁也不肯承认，"求真啧啧称奇，"真是怪事。"

　　"没有的事如何承认，总不能屈打成招。"琦琦笑嘻嘻。

　　求真看着她的脸，"长得美真是一大成就，说什么都有人相信。"

　　门外响起汽车喇叭。

　　求真走近窗口，只见一辆跑车停在门前，司机正在按号。

　　求真奇问："这是你的朋友？由他载你来？"

　　琦琦烦恼，"当然不，他日夜盯梢，不肯放松。"

　　求真醒悟，"自船上一直跟到这里？"

　　琦琦不置可否。

　　"没有越轨的行为吧？"

"公然骚扰，还说不离谱？我迟早叫他走一趟派出所。"

"不可，那就小事化大了。"

求真开门出去。

"喂，你干什么？"

"看看我可摆得平此事。"

求真走到那辆银光闪闪的古董鸥翼跑车之前，探头去看那个年轻人。

他不是一个坏青年，见到求真，立刻腼腆地叫伯母。

求真吩咐他："下车来说话。"

那小子乖乖下车。

"你，追求琦琦？"

他点点头，有点忸怩。

"就算是，要用正当手法，一天到晚骚扰她，她会反感。"

"伯母你真开通。"

"人家拒绝你，你就该打道回府，停止纠缠。"

谁知那青年说："我身不由己，即使是看到她影子，我也是高兴。"

求真暗想：幸亏我没有女儿。

不过，也只有美女，才配享受这种特殊待遇。

"你叫什么名字，读书还是做事？"

"林永豪，市立大学经济系硕士班。"

"永豪侄，回家去，好好做功课，要不找小朋友打一场球，别在此地浪费光阴。"

"不，不，我没有糟蹋辰光。"

"还说没有。"

"我守在这里很高兴，"小朋友十分天真纯情，"这样快活，又怎么能说是浪费呢？"

求真有点感动，也许，只有在这个年纪，感情才是不含杂质的。

"你回去吧。"

"我明天再来。"

"喂，明天后天大后天都不必再来，喂！"

林永豪已把跑车开走。

求真感慨，上一次那么开心是几时，还有，上一次认真悲伤又是几时？

天若有情 ''

叁·

世上所有事都得付出代价，
那代价又永远比你得到的多一点，
我们永远得不偿失。

求真回家去，一看，琦琦也已经离去。

求真在书架子上抽出一卷录音带，放到机器上，由她最喜爱的小说陪伴她。

只听得那个温柔的说书人轻轻道："……那和尚接了过来，擎在掌上长叹一声退，青埂峰上一别，转眼已过十三载矣，人世光阴如此迅速，尘缘满日若似弹指，可叹你今朝这番经历：粉渍脂痕污宝光，绮扰书夜困鸳鸯，沉酣一梦终须醒，冤孽偿清好散场。"

求真渐渐睡去。

第二天是大日子。

求真一早等，等到心急，唤醒小郭先生问："我们几时出发？"

"出发往何处？"

"噫！去见原医生呀。"

"求真，我已安排他们与老原见面，中间人工作已告一段落，他们双方均是成年人，无须你我在旁协助吧？"

"可是——"求真急出一额汗。

"求真，不要多事。"

"他们约在何时何处？"

小郭"嗒"一声挂线。

求真颓然。

她在公寓中团团转了一会儿，忽然之间笑出来，吹皱一池春水，干卿的事？就当长篇小说看了一半，作者有事，续稿未到好了。

她当然希望读到下篇，可是凡事要顺其自然。

心境刚刚舒泰，却有人按门铃。

求真去应门，意外地见到列宅的管家。

"卜小姐，老太太叫我交这个给你亲收。"

是个牛皮纸信封。

求真道谢，收下，关上门。

她当然立刻拆开信封，里边是一个磁碟，上面标签写着"卷三"。

呵，是卷三。

还有一张便条，"卜小姐，"许红梅这样写："看了卷三，也许你会明白，为何从头开始，对我来说，己不觉新鲜。"

求真忽然笑了。

"小老郭小老郭，"她扬一扬手中磁碟，"你许多事瞒着我？我也不把真相告诉你。"

她连忙看卷三。

荧幕闪两闪，像一个人在踌躇，然后，许红梅出现了，她一贯脸容秀丽，衣饰优雅，站在她对面的，是一个外形豪迈的男子。

客厅布置略有更改，但求真看得出这是他们老家。

只听得那男子说："红梅，你要下决心，跟我走还是留下来。"

求真一听这句话，几乎要跳起来。

呵，原来谁也没有一生只爱一个人。

原来许红梅同列嘉辉的生命中都有他人。

许红梅迫切地说:"让我带着嘉辉走。"

那男子苦笑,"红梅,我告诉过你,我们要去的地方是一片荒原,没有医疗设备,也无学校,很多时候,甚至无食物饮水供应。"

"那,"许红梅说,"你也不要去吧?"

看到这里,求真摇摇头。

果然,那男子笑了,"红梅,男儿志在四方。"

许红梅颓然低头。

"你同嘉辉留下来吧,我此行是去布置战争设施,不是度假,并无归期,你不必等我。"

红梅抬起头来,"俊禹,至少带我去。"

那叫俊禹的男子喜问:"你真的决定了?"

她还来不及回答,只见一名四五岁小男孩奔进来,"妈妈,妈妈,不要离开我。"他哭了。

那正是列嘉辉。

许红梅抱起他,"妈妈有事出门,去去就回,你同保姆一起好不好?"

"不不，"那小孩哭泣，"妈妈不要走。"

许红梅为难了，双目通红，非常伤心。

那男子谅解地拍拍许红梅手臂，小孩转过身子来敌意地注视他，更大声哭泣。

选择，选择是最残忍的，必然要牺牲一样去成全另一样，是以任何抉择都不会令一个人快乐。

许红梅落下泪来。

这男子是什么人，许红梅在何处认识他，他们如何进展到这种地步？

许红梅似知道有人会问这样的问题，她哀伤的脸容在荧幕上出现，轻轻地说："让我来告诉你，我俩认识的过程。"

画面淡出，淡入的是一间幼儿园的操场。

放学了，孩子们由家长领回去。

许红梅抱着列嘉辉，正欲上车，忽而指着不远之处骇叫起来："止住它，止住它！"

那是一辆没有司机的房车，正向前滑动，幼儿园校舍建筑在斜坡上，车子刹车倘若拉得不够严密，会往前滑下，小路底斜坡尽头就是大公路，车辆往来非常繁忙，再由车子滑下，危险不堪。

偏偏车上还有两个幼儿，受惊啼哭。

其他家长因许红梅的叫声也发现危机，有几个飞奔着追上去。

许红梅抱着列嘉辉上车，吩咐司机："追上去，堵住那辆车子。"

司机开动车子追上，一边劝道："太太，车速已不低，那两个孩子又没系安全带，硬生生拦住，一下子碰上，孩子会飞出车受重伤。"

眼看公路越来越近，众人追跑不及，通通堕后，许红梅心急如焚，忽然之间，有一个人越奔越近，叫许红梅给他上车。

司机让他攀着车门，他自这辆车跳到那一架车，自车窗钻进去，拉住手刹，那辆无人驾驶的车子，千钧一发停在斑马线上，一辆巨型货柜车正打横经过，众人亦已追上来挥汗道谢。

许红梅紧紧抱着列嘉辉，轻轻说："英雄，英雄。"

画面淡出。

"家长们请他喝茶，我也列席，我们是那样结识的。"

一间小洋房内正举行聚会。

许红梅穿着蓝白间条的便衣，与小小嘉辉身上的球衣出自一式，她并无刻意打扮，看上去完全是一个忠诚的母亲。

一位家长起来宣布，"欢迎方俊禹先生。"大家鼓掌。

不知怎的，方俊禹的目光落在许红梅身上，十分炽热，许红梅抱着小嘉辉，怔怔地不知所措。

"我的生活寂寞空白，俊禹的出现，带来色彩，"许红梅旁述，"他们都说，躲在小镇过活的人，都有一段历史，方俊禹在这里出现，并非偶然，他与他的同僚，选择这个与世无争、风景秀丽的小城做大本营，商讨一个极大的计划，一旦成事，他便得离开。"

求真站起来，算一算年份，那应该是一九八八年左右，有什么国家政变大事发生，不难查出来。

"他终于要离开我们了。"

求真"啊"一声叫出来。

她没想到许红梅真的会跟方俊禹走。

她丢下了列嘉辉。

求真脸上变色，许红梅变了心。

求真不愿接受这个事实，海枯石烂都可以，求真不相信许红梅会变心。

求真难堪到极点，她竟走了眼。

许红梅温柔的声音告诉求真："我放下了嘉辉，跟他出发。"

一个雾夜，她与他带着简单的行李，乘一架小型飞机离开小镇。

"这一去，是九个月，我快乐吗？不，每夜都听见嘉辉啼哭。白天难得见到他一面，他每日运筹帷幄，背着革命重担。"

求真叹息。

"终于，我自动要求离去。"

许红梅再在荧幕上出现的时候，已呈憔悴之态。呵，没有打击大过感情上的挫折。

她已回到家中。

保姆抱着嘉辉而来。

孩子以陌生的目光看着她。

保姆笑着说："多时没见妈妈，生疏了，过两日会好的。"

许红梅不语。

保姆同孩子说："挂念妈妈，为什么不说？"向许红梅报告，"太太出门之后，夜半时常惊醒大哭，见太太房内有灯，必定去寻，听见门声，往往凝神聆听，多日不说一句话，从没见过那么懂事的孩子。"

许红梅垂头。

"妈妈不是回来了吗？"

红梅伸出双臂，"妈妈抱。"小嘉辉仍然伏在保姆身上。

红梅解释，"大人总要出门办事，你去问问其他小朋友……"不知怎的，她的声音先哽咽了。

"终于，坏消息传来，方俊禹在一个清早出去之后，没有再回来，并无留言，亦无遗嘱，下落不明。他去向如何并不重要，渐渐，我似忘记自己曾经出走，嘉辉年幼，亦不复记得我曾离开他一段时期，我却耿耿于怀，原来我这样容易变心。"

求真黯然。

"原来，我欺骗的是我自己，我终于认识了许红梅。"

不愿从头开始，是因为对自己没信心。

多大的讽刺。

第三卷自白，到此为止。

许红梅为那次错误的抉择深深内疚。

是太过仓促了，一个不知底细的陌生人，即使是英雄又如何？

因为寂寞，因为不知何去何从，她跟了他走。

她以为每个异性都会像当年的列嘉辉那样把她放在首位。

求真吁出一口气。

列嘉辉一定会不顾一切把许红梅带到原医生处。

第二天下午，求真忍不住驾车到列宅去打探消息。

管家来启门，见是求真，有点讶异。

"卜小姐，昨日傍晚，列先生便带着老太太出门去了，据列先生说，他是陪老太太去看医生，一段时期不会回来，把家交给我看管。"

求真只得借口说："没料到昨日就出发，想是不欲与亲友辞行，他与我说过，此行是去看原医生。"

"不错，医生的确姓原。"

"老太太行动方便吗？"

"老太太似睡着了。"

"他扶老太太上车？"

"他抱着老太太——真没见过那么孝顺的儿子，"管家感喟，"万中无一。"

旁人哪里知道那许多，列嘉辉分明是在许红梅不同意之下强行把她带到原医生处。

"由司机送他们？"

"不，列先生自己驾车到飞机场，只吩咐说，日后会有一位许小姐来短住，叫我接待。"

没有痕迹地出走，且已为许红梅铺了后路。

旁人只得等消息。

"卜小姐，他们返来，我说您来过。"

"劳驾了。"

求真站起来离去。

返来？几时？也许是明天，可能是下个星期，更有机会是世纪末。

自原医生处出来，他们会变成彻头彻尾的年轻人，忙着做年轻人的事，说不定要过三五十年，才会想起旧时之友，届时，卜求真墓木已拱。

想到这里，一丝恐惧油然而生，求真连忙走到露台上去深呼吸，人类对死亡，一向敬畏有加。

三天后，她与小郭一起聚餐。

小郭说："无论怎么样，我已经挨过这一年，我不会从头再来。"

"小郭先生，你这一生，过得不坏呀。"

小郭笑笑，"可以这么说。"

"从头开始，有何不可？"

"求真，一个人即使返老还童，性格是不会变的，而那样的性格，一定会做出那样的选择，命运轨道，相差无几，一张报纸，从头到尾读两次，你说烦不烦，还有什么味道？"

求真无言。

琦琦在一边默默侍候小郭，舒服熨帖地递茶递巾，动作如行云流水，与小郭早有默契。

小郭少不了她，而琦琦如果没有服侍的对象，恐怕也会恍然若失。

"两位暂时不会离开本市吧？"

"闹市有闹市的方便，真正要隐居，住哪里都一样，不一定要回归深山野岭。"

求真大喜，"那我多一双朋友可以来往了。"

谁知小郭立刻说："你可别天天来烦我，吃不消。"

求真啼笑皆非。

琦琦说："别听他的，他巴不得你日日来同他抬杠。"

"我不会妨碍你俩隐居。"

"隐居，那么容易？"琦琦笑，"很讲条件的，第一，性格要恬淡，第二，得不愁生活，否则三五七天之后，还不是又抛头露脸四处亮相。"她拿眼角睨着小郭。

小郭居然承认事实，"我的确不甘寂寞。"

大快朵颐之后，小郭有点瞌睡，求真向琦琦使一个眼色。

琦琦便说:"求真想早点休息。"

饭局至此结束。

求真驾驶小小房车返回寓所。

中途她已发觉有人盯梢。

那部车子完全不在意她知道此事,每隔一阵子便响号惹她注意。

谁,哪个少年人?

求真搜一搜记忆,不,她并没有这样相熟活泼的小朋友。

到家了,后边那辆小跑车也跟着停下来。

求真下车,叉起腰,等那人出来。

车门一开,就有人叫:"求真!"

声线稚嫩,分明是名少女,胆敢直呼长辈名字,求真一向不惯这种没上没下作风,不由得皱起眉头,

"谁?"

"我,求真。"

少女下车来,马尾辫,小衬衣,大篷裙,嫣然一笑,靠在车门上,"我,求真。"

求真呆住了。

当然，是她，求真认得她，求真在荧幕上见过她，这正是少女时期的许红梅，皮肤光洁，双目明亮，头发浓乌，身段柔软，"求真，是我。"

她回来了。

手术成功，她回来了。

求真喉咙忽然变得干涸，"你，红梅。"

许红梅把手臂伸进求真臂弯，"请我进屋喝杯茶。"

求真看着她，"你今年几岁？"

红梅耸耸肩，"二十一二，大抵是这个年纪。"

"你有前生的记忆吗？"

红梅点点头，"有，每一个细节。"

"那还好，不至于要事事从头开始。"

"不，求真，"她转一个圈，大篷裙散开，"我已决定绝对不重蹈覆辙，好好利用新生。"

求真呆半晌，看着她蓓蕾似的面孔，"对了，列嘉辉呢？"

"他很好，他所需要适应的，没有我多，他已经回家。"

"哪个家？"

红梅忽然眨眨眼,"我不方便问那么多,朋友之间要保持距离。"

朋友?

许红梅同列嘉辉是朋友?

红梅喝一口茶,"求真,你不是不知道他另外有个家,每天晚上,他给我一杯牛奶,里边放半颗药丸,喝了好让我睡,然后他便去过他的生活,"许红梅咯咯地笑,"年纪大了,老弱无能,只得由他摆布,心灰意冷,不想再生。"

求真呆呆听着,只觉毛骨悚然。

"他还是强行把我带到原医生处,那不过是三天之前的事罢了,'你不会后悔的,红梅,你不会后悔',他说得对,求真,我没有后悔。"

求真惊骇地看着她,一个美貌少女,娓娓道前生的恩怨,那种诡秘实非笔墨可以形容。

"求真,我要好好生活,我不会再糟蹋此生,从此之后,列嘉辉与我,不再是同一个体。"

求真无语。

"求真,我们仍是朋友吧?"她拉着求真的手,神色焦急，她似真在乎卜求真这个友人。

求真只得说："我总是在这里的。"

"求真，你是了解我心情的吧？我不再愿意为列嘉辉而失去整个世界了。"

求真实在不敢苟同，"呃，我——"

"求真，这里，要找我，拨这个号码，我立刻出来。"

她忽然伸手，亲昵地替求真抿了抿鬓角，然后飞快地转身，上车去，摆手，按喇叭，把车驶走。

动作大，爱笑，她是个典型的正常少女。

原医生好手腕。

求真呆呆进屋去。

电话铃响。

"求真，"这是琦琦，"你或许有兴趣来一次，列嘉辉出现了。"

"在你们处？"

"是。"

"我马上来。"

求真其实已经相当疲倦，可是被这样的消息一刺激，精神亢奋，只抽空洗把脸，便赶到小郭处。

列嘉辉一听到她的声音立刻转过头来笑，"求真，见到你真好。"

这已是他第三度做少年人。

列嘉辉神采飞扬，剑眉星目，站起来欢迎卜求真，"老朋友了。"

求真立刻说："小朋友才真。"

列嘉辉不出声，只是微笑。

"一生有列先生这样奇遇的人可真不多。"

"是，原医生对容医生所犯的错误怀有歉意，无条件为我们达成愿望。"

求真说："这是你最后一次年轻了，好好利用它。"

"你们同原医生那么熟，为什么不——"

求真打断他，"列先生，人各有志。"

"可是，世人没有不想长青不老。"

"照你的说法，世人也没有不想发财成名，子孙满堂的了。"

列嘉辉当然听得出卜求真语气中讽刺之意。

可是年轻的他心情愉快无边，根本不想与任何人计较，嘴里唯唯诺诺，"我忘记世上自有清高的人。这是我眼光低俗之故，我此来是要向各位道歉，"他站起来，"我不打扰你们了。"

小郭扬扬手说："琦琦，送客。"

琦琦送他到大门，"列先生，你回过家没有？"

谁知列嘉辉答："我与红梅已有协议，我们的家已经解散。"

"列先生，你还有另外一个家，那个家里有一位女士在等你。"

列嘉辉一怔，像是刚刚被人提醒的样子。

求真笑了，不久之前，她还把列嘉辉当作最最重感情的人。

列嘉辉答："我会做出安排。"

求真立刻答："当然，我是多嘴了。"

列嘉辉笑，"要找我，请拨这个号码。"他留下通信处。

求真看着他那辆跑车一溜烟驶走，喃喃道："世上竟有那么讨厌的人。"

琦琦莞尔，"你一直不喜欢他。"

"他对异性太轻率。"

"他们均如此，只不过起初你对他要求太高，所以失望。"

琦琦太懂得分析别人心理。

求真说："全中。"

回到书房，只见小郭已在安乐椅上盹着。

求真感喟："年纪大了，同幼儿一样，随时随地睡得着。"

琦琦取来一张毯子，覆在他膝上。

求真说："趁他不知，把他抬到原医生处，把老郭恢复小郭模样。"

"他醒了不会放过你。"

"说不定他会觉得很享受呢！"

"你知道他不是那样的人。"

"琦琦，小郭先生到底叫什么名字？三十多年老友，也该为我解答谜底。"

"你怎么不去问他。"

"他不会告诉我。"

"他也没同我说过。"

求真给琦琦一个"算了吧你"的表情。

那夜累到极点，求真反而睡不好，整夜乱做梦，在床上辗转反侧，半夜惊醒，居然发觉她头枕在床尾，她苦笑了，她又何尝不像小孩子，幼儿玩得太疯，晚上亦会频频哭醒。

在该刹那，求真好想抱住原医生双膝哭诉："多给我二十年，不，十五年，十年也好。"

天终于亮了，她的意志力又渐渐恢复，讪笑自己一番，梳洗之后，沏一壶茶，坐在书桌前，对着电脑荧幕，又镇定下来。

她按动键钮：青春的秘密——太像畅销书名了。

生命的抉择。再来一次，一百二十岁的少年。

忽然之间，电脑荧幕变为一片空白，求真一呆，正想检查机件，荧幕上出现一行字："求真，想到府上打扰，不知可方便，原。"

求真正闷不可言，见字大喜，连忙复道："大驾光临，无限欢欣，倒履相迎。"

她连忙自柜中取出陈年佳酿，没想到原医生到得那么快，求真捧着酒瓶前去开门，看上去活似一个酒鬼。

今日他打扮过了，须发均经整理，衣履新净。

"请进来。"

"没打扰你写作吧？"

"唉，"求真忍不住诉苦，"文思干涸，题材无聊空洞，每日写得如拉牛上树，幸亏有点自知之明，处半退休状态，不再争名夺利。"

原医生吃一惊，"未老先衰，何故如此？"

求真说："你到了我这个年纪——"

原氏打断她，"别忘了你的年纪比我小。"

求真颓然，"可是你们有办法，明明比我大十年，可是装得比我小十年，一来一往，给你们骗去二十年。"

原医生大笑。

"还有，我做小辈的时候，老前辈们从不赦我，动辄冷嘲热讽，好比一个耳光接着一个耳光，好了，轮到我做前辈，比我小三两岁的人都自称小辈，动不动谦曰吃盐不及我吃米多，真窘，呵，夹心阶层不好做。"

原医生直笑，接过酒瓶，去了塞头，找来只咖啡杯，斟一点给求真。

"又忙又苦闷，巴不得有人来诉苦。"

"那我来得及时了。"

求真看看表，"十分钟已过，我已说完。"

"我不介意听下去。"

"不，我同自己说过，如果多过十分钟者宜速速转行。"

"那么，轮到我了。"

"你，你有什么苦？"求真大大讶异。

原医生对着樽口喝一口酒，坐下来，炯炯眸子里闪出一丝忧虑。

这个自由自在遨游天下，一如大鹏鸟般的男子能有什么心事？

求真不胜诧异。

原医生有点尴尬，"真不知如何开口。"

求真越来越纳罕，她同原医生不熟，难怪他觉得难以启齿。

　　她体贴地顾左右而言他，"原医生，你那手术若可公开，世上富翁将闻风而至，你会成为地球上最有财势的人。"

　　原医生不语。

　　"不过，不是每个人都可以等上三十五载。"

　　原医生叹息一声。

　　求真又道："我也想过返老还童，如果可以，我将珍惜每一个朋友，每一个约会。"

　　原医生抬起眼来，他似已经准备开口。

　　求真以眼神鼓励他。

　　"请代我告诉许红梅，我拒绝她的好意。"

　　求真呆住了。

　　她怔怔看着原医生，要隔很久很久，才把其中诀窍打通。

　　只听得原医生又叹息一声，"求真，麻烦你了。"

　　"慢着，"求真说，"听你的口气，并非对许红梅无意，莫非有难言之隐？"

　　原医生诧异地反问："你不知道？"

　　"愿闻其详。"

原医生诧异，"他们二人未曾向你提及？"

"没有。"

该死的列嘉辉什么都没有说。

"该项手术并未臻完美。"

"啊？"

"所有违反自然的手术都不可能完美，必定会产生不健康副作用。"

"列许二人会有什么遭遇？"

原医生说："他们不能再爱。"

"啊？"

"一旦产生情愫，立刻影响内分泌，只有比正常人老得更快。"

"原医生，你不是开玩笑吧？"求真跳起来。

原医生摊摊手，"你看，世上所有事都得付出代价，那代价又永远比你得到的多一点，我们永远得不偿失。"

"噫，不能够爱，年轻又有何用？"

"有情人自然做如是观。"

"呜，我吃尽了亏，可是并不打算学乖，除了人，我还爱许多事与物，地与景，年纪并不影响我丰富泛滥的感情，我时常为能够爱能够感动而欢欣，我生活中不能没有各种各样的爱。"

原医生低声说："但是列嘉辉与许红梅已做出抉择。"

"手术前他们已知道这是交换条件？"

"我不会瞒他们。"

求真哑口无言。

多大的代价。

隔一会儿求真问："单是不能爱人呢，还是连一只音乐盒子都不能爱？"

"全不能爱。"

哗，那样活着，不知还有什么味道。

原医生忽然很幽默地说："一场不幸的恋爱，往往使人老了十年，原理也相同。"

"是，"求真承认，"爱与恨都使我们苍老。"

原医生叹口气，"告诉红梅，我不能接受她的好意。"

"病人爱上医生，也不是不常见的事。"

"我这个医生，技术还不够高明。"

"你还未能代替上帝。"

"谢谢你，求真。"

"我会把你的意思转告。"

原医生已喝完那瓶酒站起来。

求真忽然问："你呢？丰富的感情可会使你苍老？"

"求真，我已是一个老人，我已无能为力。"

求真摇摇头，"当那人终于出现，我想你照样会不顾一切扑过去。"

原医生大笑而去。

求真托住头，忍不住叹息。

许红梅与列嘉辉对警告不以为意，他们大概不相信这是真的，故此趁着年轻，为所欲为。

第二天，卜求真开始写许红梅的故事。

怎么样落笔呢？以许红梅做第一人称叙述？

"我第一次见列嘉辉的时候，我七岁，他四十七岁。"

明明是事实，也太标新立异了。

那么，以列嘉辉为主角去写开场白，可是，求真不喜欢这个人，作者若不喜欢主角，故事很难写得好看，所以，列嘉辉只能当配角。

还有，卜求真可以自己上场，这样一来，剧情由她转述，笔力想必减了一层。

可是，求真此刻写作，娱乐自己的成分极高，她已不想故意讨好任何人，自然，她也不会胡写妄为叫读者望故事而生厌，不过，作品付印后，销数若干已不是她主要的关注。

求真蠢蠢欲动，由我开始吧，由我与老郭先生在游轮重逢开始写吧。

这是一个关于爱情的故事。

开头的时候，求真以为她遇到了有生以来最难得一见的一对有情人。

到了今日，求真发觉他们不过是见异思迁的普通人。

而且，当他们真正用情的时候，他们会迅速苍老。

这是一个关于爱情的讽刺故事。

才写好大纲，求真的访客到了。

求真揉揉眼睛，离开电脑荧屏去启门。

门外站着许红梅。

焦急、憔悴、黑眼圈、焦枯嘴唇，"他说，他已把答案告诉了你。"

求真淡淡说："是，他拒绝你。"

许红梅不甘心，"他为什么不直接对我说？"

"也许，因为你不像一个会接受'不'作为答案的人。"

许红梅不置信，"他拒绝我？"喉咙都沙哑了。

"是，他拒绝你。"

"他怎么可以！"

每个少女都认为没有人可以抵挡她的魅力，直到她第一次失恋为止。

"红梅，回家去，好好休息，另外寻开心，不然的话，你很快就老了，听我的话，这是经验之谈。"

"他觉得我哪一点不好？"

"红梅，你什么事都没有，但是他有选择自由。"

红梅深深失望，她跌坐在沙发中，用手掩住面孔，再也不顾仪态姿势。

求真惊奇。

中年的许红梅是何等雍容潇洒，老年的许红梅豁达通明，可是看看少年的许红梅，如此彷徨无措，简直叫人难为情。

"红梅，坐好，有话慢慢说，不要糊涂。"

许红梅索性蜷缩在沙发上，"如此寂寞难以忍受。"

求真忽然明白了。

年纪相差太远，他们同许红梅现在有代沟，难怪原医生无法接受她的好意。

再下去，连卜求真都要收回她的友谊了。

"听着，红梅，一个人最要紧是学习独处。"

"我不理我不理，"红梅掩住双耳，"我不要听你教训。"

"红梅，"求真起了疑心，"请你控制自己，你不记得你自己的年纪？"

"我二十二岁，"她任性地说，"我无须理会你们的教条。"

求真大惊失色，"你忘记前生之事？"

许红梅静下来，瞪着她，"什么前生？"

"红梅，你我是怎么认识的？"

许红梅怔怔地看着求真，过一会儿说："你是我妈妈的朋友。"

"不！我从来没见过令堂，"求真捉住她的肩膀摇晃，"我是你的朋友。"

许红梅挣脱她，"我不知道你在说些什么，你已是位老太太，我怎么会有年纪那么大的朋友。"

"呸！你才是老太太，"卜求真动了真气，"你忘了本了。"

谁知许红梅害怕了，"你为何这么凶？"

她退到门角。

求真噤声，原医生这个手术还有一个不良副作用，许红梅已逐渐浑忘从前的人，从前的事，她白活了。

这个发现使求真失措，许红梅的记忆衰退，她变得与一个陌生的少女无异。

那陌生的少女见求真静了下来，吁出一口气，"你没有事吧，要不要替你召医生。"

为什么不叫救护车？求真啼笑皆非。

这时候，门铃响了，替她俩解围。

求真去开门，门外站着的是林永豪小朋友。

求真筋疲力尽，没好气，"你又来干什么？"

那小伙子一脸笑，"我来看看，琦琦是否在这里。"

"不不不，她不在此，走走走，别烦我。"

但是林永豪已看到站在求真身后的许红梅，他瞪大双眼，不愿离去。

求真立刻把握机会，决定以毒攻毒，"呵，对了，永豪，你反正有空，请替我把红梅送回家去。"

林永豪连忙大步踏前，"嗨，红梅，你好，我是林永豪。"

求真看着红梅，"不是老叫寂寞吗，现在好啦，有朋友了。"

红梅把手放在身后，换上一副欢颜，情绪瞬息万变，比任何少女更像一个少女。

求真心底有股凄凉的感觉，她自己也好不容易才挨过少女时期，日子真不好过，不由得对许红梅表示同情，"红梅，随时来坐。"

林永豪已经说："红梅，我的车子在那边。"

求真总算一石二鸟，把两个年轻人轰出去。

她瘫痪在沙发上。

傍晚，琦琦来访。

二人静静坐着玩二十一点纸牌游戏，顺带讨论女性的青春期。

琦琦说：“不能一概而论，很多人的少女时期是她们一生中最好的日子，所以日后一直瞒着岁数，下意识希望回到那个流金岁月里去。”

“我的少女时期十分黑暗。”

琦琦讪笑，“大抵是没人了解你吧？我不同，我无暇理会这样深奥的情绪问题，我忙着在一间三流夜总会里伴舞养家。”

求真缄默。

“求真，你们不过是无病呻吟罢了，天底下，什么样的苦难劫数都有，连我，因是自愿的，也不好抱怨。”

求真忽然说：“生活逼你。”

琦琦笑得眼泪都流出来，“不，谁也没对我施加压力，是我自己贪慕虚荣。”

求真更觉凄惨，连忙改变话题，“许红梅想必已经忘记列嘉辉。”

“她忘得了他？”琦琦十分震惊。

“会的，什么事什么人，有一朝都会忘记，”求真吟道，

"向之所欣，俯仰之间，以为陈迹，"她低下头，"所以，在当时，任何事不必刻意追求经营。"

琦琦喃喃道："她真会忘记他？"

已经忘了。

"许红梅此刻住什么地方？"

"她住在列宅，列嘉辉已为她做出安排。"

琦琦放下纸牌，打个哈欠，"你记得那姓林的小伙子吗？"

求真不动声色，"他怎么样了？"

"他失踪了。"

"那多好，你终于摆脱了他。"

"是，他找到了另外一个目标。"语气中透着寂寥。

求真莞尔，琦琦一颗心一点不老。

只听得她又说："平白又少了一项消遣。"

求真回一句："我不知你那样低级趣味。"

"他使我年轻。"

求真说："我不要年轻，除了一身贱力，什么都没有，盲头苍蝇似乱闯，给工于心计的人利用了还感激到要死。这是我的经验之谈，我喜欢做中年人。"

"小郭喜欢做老年人,"琦琦笑,"他中年比较辛苦奔波。"

"他的确老当益壮。"求真问,"你呢?"

"我永远喜欢做现在的我,我没有抱怨。"

求真送琦琦出门时说:"明天再来。"

老朋友真好,什么话都可以说,尤其是琦琦这样体贴温柔的老朋友。

处理得好,老年生活并不寂寞。

一个朋友走了,另一个朋友又来。

那是求真另一个做私家侦探的朋友郭晴。

这次他的称呼正确无误,"卜女士,我想借你一点时间。"

"不用客气,我并不忙。"

郭晴开门见山,取出一张照片给求真看,"卜女士,你可认得这个人。"

求真一眼就认出她是余宝琪,列嘉辉的现任妻子。

"郭晴,别开玩笑,这是列太太,是我叫你去查列嘉辉生活情况才发现了她的存在。"

"你自照片中把她认出来,你见过她。"

"我不否认。"

"她也说她见过你。"

求真大奇,"余宝琪找过你?"

"是,"郭晴答,"事情真凑巧,她到敝侦探社来寻夫。"

呵,求真替余宝琪难过,列嘉辉没有回家。

"她告诉我,自从一位自称旧邻居的老太太上门之后,她的丈夫就告失踪。"

老太太,每个人都那么称呼她,尽管卜求真不认老,可是在他人目中,求真知道,她已是不折不扣的老太太。

郭晴说下去:"她所形容的老太太,十足十是你。"

求真清清喉咙,"是,是我。"

"你与列嘉辉先生的失踪有无关系?"

"没有。"

"你可知道列嘉辉先生的下落?"

"我可以设法找他。"

"列夫人余宝琪此刻正委托我找他。"

"我或可帮你。"

郭晴点头,"谢谢你。"

"余女士一定很伤心惊惶吧?"

郭晴一怔,随即缓缓说:"我总共见过她三次,不,她并不十分难过,她同我说,她必须在短时间内寻到列嘉辉,因为许多财产上的问题要待他亲手分配调派。"

求真又一次意外,"只为他的签名?"

"是,她是他合法的妻子,我看过他们的结婚证书,他失踪之前留下的款子,只够她三五个月使用,所以她一定要尽快找到他。"

"她没有谋生能力?她没有积蓄?"

"那是另外一件事。"

"可是,急急找一个失踪的人,只为他的钱?"

小郭晴笑了,"不为他的钱,找他做什么?百分之九十五寻人案,均与钱财有纠葛。"

求真颓然。

忽然她抬起头,"我们年轻的时候,世情不是这样的……"

小郭晴温和地说:"不,卜女士,据我叔公讲,他年轻的时候,社会更为虚伪浮夸,事实上人情世故一向如此,只不过回忆是温馨的，回忆美化了往事。"

求真仍然坚持，"在上一个世纪，爱就是爱……"她叹息了。

"请给我线索寻找列嘉辉。"

"我想见余宝琪女士。"

"只是，这次您又以什么身份出现呢？"郭晴颇费踌躇。

求真有点脸红，"我想，她早已知道我并非嘉辉台从前的住客。"

"当然，嘉辉台之叫嘉辉台，乃因它是列嘉辉的产业，从不出租。"

求真疏忽了。

"不过她见你是一位老太太，没有杀伤力，故此敷衍你几句。"郭晴语气中略有责怪之意。

老太太，老太太，老太太。

或许，求真想，她应打扮得时髦些。

就在这时候，小郭晴又说："余宝琪指出有一位时髦的老太太，我一听便知道是你。"

求真服帖了。

郭晴说："我替你约她。"

他走到一边，用无线电话讲了起来。

过片刻，他问："余女士问，你愿意到嘉辉台固然最好，如不，她可以出来。"

求真马上说："嘉辉台。"

她终于有机会看清楚嘉辉台。

楼顶高、房子宽，分明是上一个世纪的建筑，装修维修得很好，可惜古董味道太重，有点幽默感的话，可以说风气流行复古，但是余宝琪那么年轻，与屋子的气氛格格不入。

余宝琪约莫知道求真想些什么，她说："嘉辉喜欢这个装修，他怀念他父母。"

"你呢？"

"我，"余宝琪忽然笑了，"我无所谓，老板说什么，就什么。"

求真不语，这是一个很奇怪的称呼：老板，不过想深一层，叫法非常贴切，列嘉辉的确是支持她衣食住行及零用金的老板。

求真细细打量余宝琪的表情，她有些微烦躁，少许恼怒，若干失望，但伤感成分微之又微。

她说：“卜女士，列嘉辉必须现形，否则的话，我只得知会律师，宣布他失踪，一年之后，单方面与他离婚。”

求真惊问，“不是五年吗？”

小郭晴笑了，“那是上一个世纪的法律，早已修改，一个人若存心失踪一年，配偶还何用等他！”

这倒是真的，强迫等上五年，有乖常理。

求真清清喉咙，“也许，他有苦衷？”

这回连余宝琪都笑了，“卜女士你真是个好人，替他找那么多借口开脱。不，世上并无衷情，我亦不欲猜度他失踪的理由。”

“那，你有没有想过他为何不回家？”

余宝琪一双妙目冷冷看住卜求真，略见不耐烦：“他不回家，乃因不想回家。”

好，说得好。

“卜女士，你能找得到他，就请他出来一次，谈判财产问题，否则的话，一年之后，我将是他合法继承人，我会陆续变卖古董杂物，结束嘉辉台。"

求真忽然明白了，"你并不想他回来！"

余宝琪无奈，过一刻才说："我们年龄相差一大截，志趣大不相同，他有许多怪癖，像每天坚持单独与他母亲相处半日，许多事他从不与我商量，许多隐私我无能力触及，我深觉寂寞……这次是我生活上一个转机，没想到他会先抛弃我。"余宝琪忽然妩媚地笑了，一如绝处逢生。

求真看着那张俏脸发呆。

啊，二十一世纪的感情世界与她当年的情景是大大不同了。

"所以，"她站起来结束谈话，"请你帮帮忙。"

求真结结巴巴地问："你不想念他？"

余宝琪拍拍求真的肩膀，"我怎么样牵记他都没有用，他要失踪，最好的办法是成全他。"

讲得真正潇洒，求真但愿她年轻的时候可以做到一半。

余宝琪说："我性格散漫疏懒，始终没有做出自己的事业来，换句话说，我在经济上得倚靠他人，所以我早婚，但我忠实地履行了职责，我一直是个听话的小妻子。"她又笑。

求真知道告辞的时间又到了。

她默默跟小郭晴离去。

回程中她一言不发，郭晴有点纳罕，这位健谈的老太太一向童心未泯，怎么今日忽然缄默？

求真终于开口了，"在我们那个时候——"

小郭晴忍不住替她接上去，"山盟海誓，情比金坚，唉，一代不如一代。"

求真困惑到甚至没有怪小郭晴诸多揶揄。

"我们总想尽办法把婚姻维持下去。"

"成功吗？"

"没有。"

"所以，"郭晴说，"不如速速分手，省得麻烦。"

求真想了一会儿，"那个时候，我们能力做不到。"

郭晴惋惜，"平白浪费大好时光。"

求真这时把郭晴的无线电话取过来，找到列嘉辉的通信号码，拨通，清晰听到他活泼轻松的声音："哪一位？"

求真叹口气，"列嘉辉，我是卜求真，记得吗？"

"当然记得。"

求真不敢相信这样好的消息。

"记得？说一说我是谁？"

果然，他哈哈笑起来，"陌生人，不可能有我电话号码，见了面一定记得，我在凯尔蒂会所泳池旁，你方便来一趟吗？"

郭晴在一旁马上回答："立刻来！"他即时将车子掉头。

求真放下电话，又沉默了。

隔了很久，她忽然轻轻说："少女时期，我有一个朋友。"

郭晴小心聆听，知道这是一个故事的开头。

"她的伴侣，嫌她配不起他，借故抛弃了她。"

郭晴不语。

"她却没有放弃生活，很努力进修，勤奋工作，结果名利双收，社会地位大大提升，胜过旧时伴侣多倍。"

郭晴此时说："那多好。"

"很多年很多年之后，她新居入伙，我们去吃饭，那个家布置高雅，地段昂贵，由她独力购置，朋友十分欣佩艳羡，高兴之余，喝多了几杯。"

郭晴看她一眼，有什么下文呢？

"她略有醉意，我扶她进书房，她忽然泪流满面，轻轻同我说：'他没有叫我回去。'"

郭晴"噫"一声。

"她没有忘记，小郭，为什么古人记忆那样好，今人却事事转瞬即忘？"

小郭晴只得说："我们进化了，练出来了。"

求真苦笑。

"或许，你那位朋友，恋恋不忘的只是那段回忆，那个人，假使在大白天同她打招呼，她会惊叫起来。"

求真侧着头想想，"可能，她怎么还会看上那个人。"

"她不舍得的，是她自己永远流失了的宝贵年轻岁月。"

求真说："但或许她是真的爱他。"

"或许。"

"可是，在今日，连这种或许都已无可能。"

小郭晴十分无奈，"今日的年轻人无法负荷这种奢侈。"

"你们的时间精力用到何处去了？"求真斥责。

对这个问题，小郭晴胸有成竹，"首先，要把书读好。然后，找一份有前途的工作。搞好人际关系，努力向上，拼命地干，拼命地玩，时间过得快呵！像我，快三十岁，已经要为将来打算，甚至计划退休。我算过了，我有其他更重要的事做，我没有时间恋爱，我只抽得出时间来结一次婚。"

求真为之气结，"这样说来，你将是一个忠诚的好丈夫。"

"自然，"小郭晴接受赞礼，"搞男女关系，太浪费时间。"

"你会不会爱她？"

"谁，我终身拍档？我们当然要十分合拍。"

车子已驶到凯尔蒂俱乐部。

小郭晴说："好地方。"

"羡慕？"

"不，"郭晴说，"我有我的活动范围，我很少艳羡他人。"

求真看他一眼，他这调调，同他叔公何其相似。

经过通报，服务员说："列先生在会客室等你们。"

年轻的列嘉辉迎出来，看到求真，笑起来，"呵，是卜女士。"他对她居然尚有记忆。

两个年轻人，一高一矮，一黑一白，一个活泼，一个沉着，一个英俊，另一个容貌平凡。但是求真却欣赏郭晴。

郭晴伸出手来，"我代表余宝琪女士。"

"呵，宝琪。"列嘉辉似刚想起她，有点歉意，"对了，你是她的律师？"

"我是私家侦探。"

郭晴打量列嘉辉，无比讶异，上次偷拍生活照时，他已是名中年人，今日的他明显地年轻十年不止，怎么一回事？

"宝琪好吗？"

"好，很好，她想知道你如何分配财产。"

列嘉辉如释重负，"我会拟份文件放在律师处，一切她所知道的不动产，全归她，户头的现金，全转到她名下，她会生活得很好。"

郭晴看着他，"我的委托人想知道，你还会不会回去。"

这个问题，余宝琪并不关心，肯定是郭晴自作主张问出来。

"不了，"列嘉辉摇头，"我不回去了，相信她也会松口气，"他抬起头，"我很感激前些年她给我的温馨家庭生活。"

郭晴忍不住又问："你为何离开她？"

列嘉辉像是听到世上最奇特的问题一样，不置信地看着郭晴。

郭晴的答案很快来了。

有人推开会客室门，嗔曰："嘉辉，你一声不响躲到这里来干什么。"

是一个金发蓝眼肌肤胜雪的可人儿，姿态骄矜，佯装看不见列嘉辉有客人。

求真微笑，转过去看牢郭晴，"还有什么问题？"

"有，列先生，是哪家律师？"郭晴没好气。

"一直是刘关张。"

求真拉着他离去。

郭晴一下子就心平气和了，求真暗暗佩服他的涵养。

"任务完成。"他满意地说。

"你在替余宝琪不值？"

郭晴抬起眼来，"我的委托人？不，她很懂得生活，我

不会替她担心，年轻貌美，性格成熟，又不愁生活，这样
的女子，今日极受欢迎。"

求真不出声。

"卜女士，或许你可以告诉我，列嘉辉怎么会年轻那
许多？"

"呵，他摆脱了一段不愉快的婚姻，重获自由，心情愉
快，自然年轻十年。"

"是吗？"郭晴当然不信。

"要是他处理得好，一直玩世不恭，还可以继续年轻一
段很长的日子。"

郭晴转过头来，"你会不会在自己身上做点手脚以便年
轻几年？"

"你们若再叫我老太太，保不定明天就去找原医生。"

郭晴猛地转过头来，"谁，你说谁？"

求真知道说漏了嘴，"找医生。"年纪大了，精神不够
集中，从前才不会这样。

"不，我听见你说原医生，你认识那位原医生，"郭晴
兴奋起来，"那位大名鼎鼎的原医生。"

求真道："你听错了。"

郭晴说："我叔公曾经见过他，叔公不允介绍我认识。叔公说，他是另外一个世界里的人，我猜他所指是世外高人——"

"请在前边拐弯，我家到了。"

"叔公说原医生一生无数奇遇，过程可写一百本书，叔公说——"

"就在这里停，谢谢，改天见。"求真朝他摆摆手。

郭晴犹自问："你认识他? 卜女士，改天我再来拜访您。"口气忽然恭敬许多。

求真莞尔，这才明白何以许多人爱把社会名流的大名挂在口中闲闲提起，以增身价。

她回到屋里去，一头钻进书房，冷静片刻，便开始写她的故事。

——他俩终于得偿所愿，回到较年轻较美好的岁月里去，但是，他俩并没有选择在一起共同生活，他们分了手，各奔前程。

她伏案写了一个小时，放下笔，站起来，透口气，松松四肢。

虽然一向写得不算快，但在全盛时期，求真也试过四小时写一万字短篇，一气呵成。

现在不行啰，一年摸索得出一个长篇已经很好。

求真掛了杯咖啡，甫出厨房，即听见门铃。

她去启门，门外站着巧笑倩兮的许红梅。

白衣、白裤，那是上一个世纪最考究的天然料子，叫麻，极难打理。

求真打量她，笑起来，"现在时兴红唇衬黑眼圈吗？"

许红梅嘻嘻笑，"好几天没正式睡了。"

她看上去已没前几天那么彷徨，也仿佛成熟许多，她的一天，似等于人家一年。

求真脱口而出："你在恋爱？"

"呵，是。"

"你爱上了谁？"

"我爱上恋爱的感觉。"

求真放下心来，不要紧，她仍然是个少女。

红梅伸个懒腰，"世上最享受之事乃是一生把恋爱当事业。"

求真好笑，"对象是谁，仍是林永豪？"

"永豪有永豪的好处。"

"那么，"求真笑得呛住，"他是Ａ君。"

"对对，Ｂ君呢？Ｂ君已经毕业，条件比较成熟。"

"还有无Ｃ君？"

红梅有点无奈，"那么多可爱的人，那么少时间。"

"对，叹人间美中不足今方信。"

红梅根本没听懂，她之来找求真，不外因为求真有双忠诚的耳朵及一张密实的嘴巴。

还有，求真的寓所舒适幽静，求真的厨房永远有一锅热汤。

那么多好处，何乐而不为？

这么巧有报馆的电话找，求真过去同编辑讲了几句，回来，发觉红梅已经在沙发上盹着。

手臂在外套之外，脸埋在臂弯，长发遮住面孔，这个少女为着恋爱同家人断绝来往，再回头，父母墓木已拱，上一辈子的亲友老的老，散的散，她要诉衷情，也只得来这里。

求真轻轻替她搭上一方披肩。

许红梅似只可怜的流浪小动物。

她忽然动了一下身体，"妈妈，妈妈。"

大抵是在梦中见到母亲了，抱在怀中，紧紧搂着，母亲腾出一只手来，轻轻抚摸婴儿前额丝一般的头发。

求真自幼与母亲不和，做梦如果见到母亲，必定是在激烈争吵。后来，她才知道此类遗憾是种福气。母亲去世后，她并无伤心欲绝，仍可坚强地生活下去。

窗台上一排玫瑰正在散播着香气，但愿它们可以帮许红梅继续做几个好梦。

求真回到书房工作。

红梅睡了颇长的一觉，醒来时问求真她可否淋浴。

求真放下手头上工作，笑着同她说："我送你回家吧，你的家豪华过此处百倍。"

"可是，"红梅说，"那里一个人都没有，净听见仆人浆得笔挺的衣服窸窸窣窣，寂寞得要命。"

求真说："看，我也一个人住。"

"但是你多么富庶，你有朋友、有工作、有嗜好，你完全知道自己应该做些什么。"

求真失笑，"我一大把年纪，做了卜求真超过六十年，自然驾轻就熟。"

红梅说："我希望你是我母亲。"

求真耸然动容，"呵，假如我有你这么秀丽的女儿——"

种瓜得瓜，种豆得豆，卜求真并没有哺育过幼婴，何来这么高大的女儿。

许红梅笑，"如果我是你女儿，也许你已把我逐出家门，我们还是做朋友的好。"

求真忽然认真，"不会，我永远不会那样做。"

"即使我嫁了一个你恨恶的人？"

"你还是可以带到我家来。"

"我可否把他前妻生的孩子也带到此地？"

"我喜欢孩子，谁生他们不是问题。"

"可是我们又吵又脏又大吃大喝。"

"我会请用人帮忙收拾烹饪。"

"你说说而已。"

"你以为我真的不寂寞？我巴不得有一大堆子子孙孙带来这种小烦恼大乐趣。"

许红梅笑了，"你会是个好外婆。"

"来，我送你回去。"

列家的管家打开门，见是卜求真，惊喜万分。

偷偷地说："卜女士，你认识这位许小姐？太好了。"

"怎么样？"求真微笑。

"不知是哪家的孩子，真可怜，镇日闲得慌，又不上学，又不做事，净等男孩子来找。"

"追求者踏穿门槛？"

"开头人山人海，我们疲于奔命，一天斟十多次茶，后来她嫌烦，轰他们走，渐渐就不来了。"

求真好奇，"怎么个轰法？"

"罚他们等，任他们坐在偏厅，一坐三两个小时。"

"呵，最长纪录是多久？"

"四个多钟头。"

"那岂非一整天？"求真骇笑。

"到后来，回去时已日落。"管家犹有余怖。

难怪恋爱使人老。

管家又说闲来就凝视书房里两张照片。

"谁的照片？"

"是老太太的父母。"

"呵。"

"卜女士，你有无听说列先生同老太太几时回来？"

"他们也许决定在外国休养一段时期。"

"是是是。"

求真拍拍他肩膀，"我先走了。"

"还有，"管家唤住她，想多讲几句，"许小姐初来，活泼可爱，可是这大半个月下来，憔悴许多。"

大惑不解。

求真连忙代为解答："想还是因心事多的缘故。"

"是是是。"管家立刻知道是多管了闲事。

他送求真出门。

她在门外张望一下，并没有年轻人持花在等。

于是她忽然想起半个世纪之前，在她家门等的异性，不不，没有花，也没有糖果，那时社会风气已经大变，反正有空，等等等，闲钱却一定要省，假使女方愿意付账，已无人会同她们争。

从那个时候开始，求真知道女性流金岁月已经过去。

只有许红梅她们，才试过什么都不做、光是恋爱的好日子。

回到家，一打开门，就听见电话铃声不住地响。

有急事！

求真连门都不关，便扑到电话前面去。

是一段录音，"求真，小郭心脏病发，已送往市立医院，请速前来会合，琦琦。"

糟。

求真立刻赶去医院。

也许这是最后一次见面，也许还能见许多次，也许连这一次面都见不到。

求真默默忍耐，长叹一声，此类生关死劫，最平常不过，人人均须挨过。

冲了两个红灯，幸亏没有遇上交通警察，求真赶到医院。

护理人员问："病人叫什么？"

"姓郭，叫——"

"叫什么？"

求真气结，这老小郭，她的确不知道他名叫什么。

"叫什么？"人家已经不耐烦。

"求真，跟我来。"幸亏琦琦出现了。

求真叹一口气，连病人叫什么名字都不知道，还探什么病。

二人匆匆来到紧急病房，只能隔着玻璃与氧气罩约莫认出那是小郭。

求真凝视那躺着的病人。

他可以是任何人，老郭、老王、老张，他们看上去全差不多。

当他们年轻的时候，各有各的风采姿势，活泼的小郭、机智的小王、英俊的小张！可是现在，现在已不能识别。

求真怔怔落下泪来。

琦琦在旁轻轻说："别担心，他无碍，明朝医生便会替他植入人造心脏。"

"小郭先生最恨人工这人工那。"

"哦，我恐怕这次他不得不从俗呢！"

"他知道情况吗？"

"他醒过一次，签了字，求真，在法律上，我并非他的亲人，我没有地位。"

求真看琦琦一眼，"你会在此地陪着他？"

"稍后我也想回去休息一会儿。"

"经过这次事故，或许你们应该结婚。"

"要结早就结了，现在还结什么。"

求真说："名正言顺呀，夫同妻，并排坐着，看上去顺眼得多。"

琦琦挤出一丝干干的笑容，"要到他几乎离我而去，才知道他有多重要。"

医生在这时候出现，"病人可以见你们，不要刺激他，不要讲太多话，五分钟。"

求真连忙披上白袍戴上口罩走进病房。

她一句话都没说，只是握着小郭的手。

小郭脸上氧气罩给除掉，他能够说话，求真没想到他在这种关头仍爱斗嘴，"哭过了哎，怕失去老朋友是不是？"

求真为之气结。

小老郭气若游丝，"唉，在这种关头，英雄都会气短，何况是凡人，真想请原医生来施展他大能力量，还我河山岁月。"

琦琦问："要我去找他吗？"

小郭摇头，"第一，他很有原则，不一定肯医我；第二，我是死硬派，凡是人生必须经历的，我还有勇气承担。"

求真笑，"居然是条好汉。"

"咄！"小郭不服气，要挣扎起来。

看护连忙进来按住他，把氧气罩覆上，转过身来，瞪着求真与琦琦。

她们知难而退。

人一进了医院，就变成医院所有。

晚风甚凉，她俩打个冷战。

求真浑身汗毛竖起来，忽有不祥之兆，她低下头，只是不出声。

那夜求真没睡好，朦胧间一直听到电话铃响，睡梦中她挣扎去听，电话刚好挂断，呜呜连声，不知什么人找她，不知有什么事。

若干年前，一清早，也是这么一通电话，是她兄弟打来，"母亲不行了，速来医院。"

她正穿衣出门，电话又到，"妈已经去世。"

外套穿了一半，求真僵在那里，以后怎么办呢？表情应如何？姿势该怎么样？

在电影里，主角与配角最懂得应变，如不，导演也会帮忙，来一个淡出，跟着接第二场，一切困难已经过去。

可是在现实生活中，所有冷场也须逐一演出，真要命。

天才亮，求真就起来了。

在这一刻，她才知道寂寞是怎么一回事。

求真拨电话给琦琦，只听到一段录音："我已去医院，求真，多谢你关心，琦琦。"

求真看一看钟，这正是小郭做手术的钟点，她忽而觉得彷徨，坐立不安，终于更衣出门，到市立医院去与琦琦会合。

"三〇六病房。"

"病人在手术室，请稍候。"

求真静静走到会客室，刚想坐下，忽见琦琦脸色灰败地走出来，身边有看护陪伴。

求真耳畔嗡一声，啊，终于发生了，她双脚发软，跌坐下来。

琦琦比她镇定，"求真，你来了。"

求真看着她。

"手术失败，他已魂归天国。"琦琦伸手握住求真的手。

求真愣了一会儿，忽然挥舞拳头，"那浑球，他还没告诉我他叫什么名字！"

琦琦一直没出声。

求真大声控诉："一次又一次，叫我失去生命中最重要的人，一次又一次，真不知能承受多少次——"声音渐低。

其他病人的家眷听到这样的牢骚，深有同憾，不禁都饮泣起来。

看护前来，"这位老太太，我替你注射宁神剂。"

"走开。"

琦琦按住求真，"是我叫她来的。"

求真颓然屈服。

茫茫然她的记忆飞出老远，那天，她第一次看到小郭，他抬起头，老气横秋地问："卜求真，《宇宙日报》记者不求真。"

宛如去年的事罢了。

求真心神有点乱，时间哪里去了，为什么忽然之间人人都叫她老太太？她痛哭起来。

像一个不甘心离开游乐场的孩子，求真号啕。

旁人为之恻然，只道琦琦失去了父亲，求真永别了老伴。

但是求真知道她的哀伤可以克服，而琦琦将与创伤长住。

琦琦为小郭举行简单的仪式。

琦琦轻轻吟道："昔日戏言身后事，今朝都到眼前来。"

求真不语，站着发呆。

郭晴前来，紧紧握着求真的手。

他告诉求真："叔公把侦探社及他的笔记给了我。"

求真点点头。

"我在《宇宙日报》刊登了小小一段讣闻。看，看谁来了。"

求真抬起头，她发觉双眼有点不适，揉一揉，啊，都来了。

坐在礼拜堂最后角落的是原医生，不远之处是许红梅，前排有列嘉辉，余宝琪刚到，轻轻走到求真身边坐下。

他们都穿黑色，互相颔首招呼，不发一言。

小郭生前当不止这几个朋友，可是能不能来送他这一程，又讲前缘后果。

如今，小郭晴才是真正的小郭了，他好奇地问求真："那位穿黑衣的、气宇不凡的先生是谁？"

求真低声答："他姓原。"

小郭呆住，"原，原医生？"

他站起来要去招呼他，跟着自我介绍，可是一回头，已经不见了那黑衣男子。

原氏已经走了。

小郭只得重新坐下，喃喃道："叔公的笔记簿里一定有他的地址。"

年轻人的哀伤与爱情都不能集中，一下子淡忘。琦琦坐在最前排，一言不发。

小郭又问："那年轻貌美的女子是叔公什么人？"

求真答："她是他的红颜知己。"

"他们没有结婚，是因为年龄差距？"

"我不清楚。"

"多么可惜。"

对小郭晴来说，叔公一生如此丰盛多姿，已经有赚，亲友不该伤心，故此不住逗求真聊天。

求真自问还了解年轻人，故不予计较。

牧师在这时叫众人唱诗。

余宝琪站起来，回头去取诗本，忽然瞥见列嘉辉。

她一怔，先是若无其事地打开诗篇，低头看着本子，但是定一定神之后，她缓缓把头转过一点点，眼角带到列嘉辉身形那边，脸上露出复杂的神色来。呵，先是一丝惊讶，跟着是恼怒，随即想起，他与她已没有瓜葛，于是轻轻呼一口气，她感慨了，眼色柔和下来，想到以前的好日子，终于黯然。

求真都看到了。

她老怀大慰，原来他们只是嘴硬，原来他们还没有练得金刚不坏之身，他们内心仍然压抑着各种情绪，偶然泄露，叫求真发现。

可怜，装得那样强硬，实有不得已之处吧，不过为挽回一点自尊，以后对自己有个交代，好继续生活下去。

求真叹息一声，但是不要紧，会过去的，余宝琪这样聪明懂事，年纪不算大，又有经济能力的女子，甚受男性欢迎，总有一日，她会完全忘记旧人旧事。

求真想到这里，不由得伸手过去接住她的手。

余宝琪知道适才一幕没躲过求真的法眼，感激她的关怀，轻轻点点头。

求真与年轻人的鸿沟突然接近一点，求真发觉他们并非冷血动物，他们比上一代更懂得压抑情绪，控制过火，看上去便冷冰冰，不近人情。

牧师要求众人再唱一首诗。

求真的目光又游到许红梅身上。

她的头发束在脑后，用一顶小小黑边帽子压住，宽大的黑衬衫黑裙，可是高挑身形仍然无比俏丽，她垂着头，露出一截雪白的粉颈。

而列嘉辉，正在凝视她的背影。

仪式终于完毕，许红梅转过头来，看到求真，向她走近。轻轻说："小郭先生是个好人。"

"你还记得他。"

"当然，他，"印象模糊了，"他是你的，他是你的——"竟想不起来。

求真连忙说："他是我们的好朋友。"

余宝琪从来没有见过许红梅，她诧异地看着她，啊，那么美丽而憔悴的大眼睛，连同性都深觉震荡，这是谁？

求真却没有介绍她俩认识的意思。

而列嘉辉远远站在一角，踌躇着考虑是否要走过来，求真再抬头时，发觉他已离去。

红梅问："你找谁？"

求真答："没有，朋友都走了。"

红梅反而安慰求真："当然都要回家过日子，你也不希望我天天来你处坐着。"

求真只得说是。

只剩琦琦孑然一人，求真向她走过去。

琦琦听见脚步声，没有转过头来，"我想多坐一会儿。"

"我转头再来。"

"你回去吧。"

"我不急，我没事。"

在礼拜堂门口，求真发觉列嘉辉并没即时离去，他坐在车中，看着许红梅，似有话要说。

红梅接触到他的眼神，犹疑地征求求真的意见："他好像在等我。"

求真不出声。

她同他的缘分难道还没有尽？求真大吃一惊，只觉可怖，不由自主，退后一步。

幸亏这个时候，列嘉辉的车子终于驶走。

求真问红梅："你记得那是谁吗？"

红梅笑，"那是列嘉辉，他曾叫我快乐，也曾叫我伤心，此刻我们已经没有关系。"

"你怀念他吗？"

"有时，有时不，"红梅说，"我还有一个约会，"她吻吻求真面颊，"我得走了。"

她不愿广泛地谈论她生命中过去的人与事。

许红梅上了车。

余宝琪也向求真告辞。

求真把他们一一送走。

只余小郭晴，在求真背后"啪"拍一记巴掌，"这几个人，关系奇妙得很呢。"

求真没好气，转过头来，"你懂得什么。"

"你没留意到他们的眉梢眼角吗，啧啧啧，大有学问。"

"没心肝，叔公故世一点悲伤没有。"

小郭诧异了，"可是，那是人类必然结局，并非叔公个人不幸，而且，他得享长寿，我又何必伤感？"

求真听了，只得叹息，说得再正确没有，可是道理归道理，她仍忍不住难过。

谁知小郭晴说下去，"而你，卜女士，你那样哀伤，是因为年纪大了，大约不须很久，便会同叔公会合，因而触感伤情而已。"

求真听了，一点没有生气，此小郭太似彼小郭，说话一针见血，也不理人家痛不痛。

就此可见小郭的生命其实已经得以延续，这个侄孙已得他真传。

求真不由得微笑起来。

"你还不走？"

小郭摇摇头，"你先把琦琦小姐送回家吧。"

求真回到礼拜堂内，看见琦琦还坐在百合花前。

求真把手搭在她肩膀上，"我们回去吧，我煮了一锅汤，欢迎你来品尝。"

琦琦缓缓转过头来。

她说："这世上一切的事，从此同小郭无关了。"

求真也说："以他那好奇多事的性格，不知是否会觉得无聊？"

"一定很寂寞。"琦琦十分怜惜地说。

"不怕，他这一觉，怕要睡很长一段时间。"

过了一刻，琦琦缓缓说："我一直以为他不怕老，可是有一日，我们观剧出来，看的是下午场，散场时正值黄昏，站在街角等车，他忽然在暮色及霓虹灯下凝视我，并说：'琦琦，我老了，你也老了。'"

求真轻轻给她接上去，"于是你设法找到最好的易容医生，替你恢复青春。"

"我一直有点笨。"琦琦苦笑。

"不，你想他欢喜。"

"他并不见得高兴。"

"你知道小郭先生为人，天大的事，他都淡然处之，那是他做人的学问。"

琦琦笑了，"他这个怪人。"

"小郭先生的确是可爱得值得怀念的一个人。"

"我会尝试替他整理笔记。"

"他把笔记给了郭晴可是？"

"也得让我替他找出来。"

"不是一宗简单的工作。"求真笑道。

琦琦眉头渐松，"来，我们该去喝汤了。"

求真握住她的手。

离开礼拜堂时回头看了一下，小郭好像一直站在她们身后似的，不，不是老小郭而是年轻的小郭，他正嘻嘻笑，叉着腰，在设法逗得卜求真暴跳如雷呢！

求真又落下泪来。

天若有情 09

肆·

有时，

什么都看不见，听不见，

最好不过，至少有益身心。

求真跟琦琦回到小郭的寓所。

一屋都是书本报纸，可是编排得井井有条。

一般老人的屋子都有股味道，可是这里空气流通，窗明几净。

小郭是努力过一番的。

"当我老了，我不要胖，不要懒，我不会固执，不会死沉沉做人……"这些愿望，看似容易，做起来，还真得费一番力气。

小郭都做到了。

琦琦功不可没。

但是她却说："我很少到他这边来，他老开着窗，凉飕飕的，我最怕脑后风。"

求真一屁股坐在安乐椅上，抬起头，看见一只棕色信封，信封上字迹好不熟悉，求真认得是许红梅的秀笔。

她忍不住伸手去取过来，信封还未曾拆开过。

求真转过头去问琦琦："这个信封，可否给我。"

琦琦眨眨眼，"你说什么？我没听见，这里的东西不属我，要读过遗嘱才知道什么归什么人。"

求真即时会意，琦琦听不见最好。

她打开手袋，把那只信封放进去。

求真说："你没有看见呵。"

琦琦说："风大，吹沙入眼，迷住了，什么都看不见。"

求真静静合上手袋。

真的，有时，什么都看不见，听不见，最好不过，至少有益身心。

这种一级本领，要向琦琦学习。

"你看，这些是他的笔记。"

成沓堆在小小储物室内，照片，物证，剪报，以及他的亲笔记录。

"为什么他没用电脑？"

"不喜欢。"

"用了电脑，整理可方便了。"

"我也劝过他。"

求真在一只盒子里拣起一只精致的钻石指环。

"这是什么？"

"呵，有位先生怀疑女友不忠，托小郭索回指环，当对方退还指环，他才发觉他是多么愚蠢多余，一直没有来取。"

"另一个故事。"

"是，另一个故事。"

求真把指环扔回纸盒。

"通通都是故事。"

"是，一个人起码一个故事，有时，同一个人有三四五段故事。"

"我们真是奇怪的一种动物。"

"这一个奇怪的动物已与我们永别。"琦琦不胜唏嘘。

"我要向你道别了。"

"求真，我打算到另一个城市去生活，大概明后日起程，你不必相送。"

"琦琦，你何必离去。"

"走动得勤些，忙些，日子比较容易过，没事做，搬个家，忙他几个月，很快到年底……相信你明白。"

"可是连你都要离开我。"

"我终归是要离开你的，天下无不散之筵席。"

"可恨的人生。"

"郭晴会与你做伴。"

求真露出一丝微笑，"他是小郭的翻版。"

琦琦送求真到门口。

求真回到家，忽然觉得树影太荫、厅堂太大、书房太静，信箱里掉出来的全是账单，没有亲友来信……她颓丧了。

锁匙"当啷"一声掉在地上。

她忽然听到有人说："你回来了，我等你呢！"

好熟悉的声音，好熟稔的一张笑脸："郭晴，你是怎么进来的？"

"你没锁门？"

今朝出门时太过仓促？不不不，郭晴有的是鬼主意。

他坐在九一一放映机之前，噫，他看过什么？

郭晴马上解释，"等人是很闷的，我便自作主张娱乐自己，您不会见怪吧？"

放在桌面上的三张磁碟，正是许红梅的回忆故事。

求真不语。

那郭晴却忍不住说："多么奇怪的遭遇。"

求真答："是。"

郭晴见前辈不予计较责怪，精神一振，"来，我们喝杯茶慢慢谈。"进一步放肆，反客为主。

求真知道一板起面孔，把这小子吓走了，她便没有人陪着说笑解闷，只得容忍。

唉，有什么是无须付出代价的呢？

只听得小郭晴说下去："我有种感觉，他们的故事还没有完结呢。"看法同小郭一模一样。

"可是，"求真呷一口茶，"我们这些做观众的旁人，光是看，已经累坏了。"

小郭嬉笑。

求真自口袋里取出那只信封，"我这里还有卷四同卷五。"

"呵，"小郭耸然动容，"快看。"

到了这个时候，求真感觉上忽然年轻了，时光仿佛倒流，眼前的小郭就是她的老朋友小郭。

他们二人静静观看卷四。

荧光屏上出现的列嘉辉，已是个十三四岁的少年人。

而许红梅鬓角已出现丝丝白发。

她不悦问："你到哪里去了？"

"我去打球。"

"一去七八个小时？"

"打完球去吃冰。"

"嘉辉，我在家等了你一整天，闷不可言。"

"你自己为什么不找节目？"

"嘭"的一声，列嘉辉把球摔到一角。

许红梅无言，怔怔地落下泪来。

列嘉辉露出厌倦之色，自顾自走开。

许红梅轻轻地说："至此，我知道我错得不能再错，我妄想扭转我们的命运，真正多此一举，十多岁的列嘉辉，心目中根本没有许红梅这个人，他把我当他的保姆，我不能怪他，他一早同我说过：红梅，来世再续前缘吧。我没有听他。"

荧幕上的许红梅低头沉思，少年列嘉辉偷偷在她身后走过，从落地长窗蹿出去。

少年人精力无限，怎么肯留在家中发呆。

小郭按熄放映机。

"这么看来，许女士过的，一直都是如此沉闷的生活。"

"是，列嘉辉待她至孝，但是全无其他感情。"

"而到了一定年纪，她要寻找感情上的其他出路，也比较迟了。"

"是呀，"求真自嘲，"我一过四十，发觉自己不过是一个人，已无性别。"

小郭笑，他欣赏她，"卜女士，我叫你姨婆吧。"

"什么！"求真怪叫，"这算天大面子？"

"咦，你是我叔公的朋友，我叫你姑婆或姨婆完全正确。"

"吵什么，我自做我的卜女士。"

小郭偷笑，这样看不穿。

要等很久很久之后，小郭才会明白卜女士此刻的心情。

"来，卜女士，"当下他说，"让我们看下去。"

场地转了，是一间学校的门口，许红梅坐在车子的驾驶位上，像是在等人，是等列嘉辉吧。

他出来了，抓着球拍，好一个英伟的年轻人！身边一班朋友，说说笑笑，片刻散开，只余一个少女还在与他攀谈。

那女孩高挑身段，浓发，微棕皮肤，其实并不很美，到了中年，不过是中人之姿的一名妇女，可是此刻她年轻，青春有它一定的魅力。

女孩也拿着球拍，它成为最佳道具，她一刻把脸依偎在架子上，一刻又用它挡着面孔，自网格中偷窥列嘉辉，没片刻空闲。

小郭轻轻说："我们在荧幕上看到的一切映像，都来自许红梅的记忆，她的记忆真确可靠吗？"

求真答："我相信她是公道的。"

"我的意思是，这名少女，会不会比许红梅记忆中更美？"

"不会。"

"何以见得？"

"因为许红梅记忆中的许红梅，也不比现实更美，她没有给自己加分，自然也不会给别人扣分。"

"说得好。"

那女孩依依不舍，一直不放列嘉辉走。

终于不得不话别了，她像是得到列嘉辉的邀请，于是满心欢喜，跳着离去。

列嘉辉这才看到许红梅在等他。

他上车，许红梅一言不发。

这个时候，他知道许红梅是什么人没有？

许红梅开口了，"嘉辉，你不是一直想知道我是谁吗？"

列嘉辉一怔，"是。"有关他身世，他当然想知道。

"我今天便打算让你知道。"

列嘉辉故作轻松，"我一直晓得你并非我生母。"

"我也不是你的养母。"许红梅板着面孔。

刚才那一幕明显地使她不悦。

列嘉辉的语气也生硬起来，"那么，请告诉我，你到底是谁，为何把我抚养成人，我们之间有何种渊源，你何以一个亲友均无，完全没有自己的生活。"

许红梅蓦然转过头来，"你厌倦生活？"

"与你生活压力日增，我希望得到更大的自由，让我选择朋友、嗜好，以及回家的时间。"

许红梅苍茫地看着他，"你长大了，你不需要我了。"

这口气，何其像一个痴心的母亲。

求真叹口气。

只听得列嘉辉说："我当然需要你，我需要你的忠告，你的支持，你的爱护，今日我已是个二十二岁的大学三年生，有许多琐事，我自己可以做主。"

列嘉辉是个好青年，这番话说得不卑不亢。

小郭问："那一年，许红梅什么年纪？"

"她已是五十九岁的老姐。"

"保养得很好，看上去不过五十许人。"

求真忽然问："我呢，我又怎样？"

小郭晴得到拍马屁的好机会，焉有不把握之理，立刻说："您看上去这样英姿飒爽，我开头还以为你是叔公的学生，至多四十八九模样。"

求真侧着头想一想："我还以为你觉得我似二十八九。"

小郭笑，求真也笑。

但是荧幕上的列嘉辉与许红梅笑不出来。

他们继续看卷四的另一面。

一开始就是列嘉辉错愕、惊骇、彷徨、不可置信的表情，他英俊的五官扭曲，额角上的汗涔涔而下，"你，你是我的爱侣？怎么可能！"像是看到世上最可怖的事物一般。

许红梅的神情更复杂，她失望、痛心、后悔，"你对过去一点感觉与记忆也无？"

"不不，你杜撰了这样一件怪事来欺骗我！"列嘉辉惊恐地大叫。

他竟这样害怕！

求真站起来，熄掉放映机。

"喂！"小郭叫。

"要看，你拿回去看吧。"

"你不感兴趣？"

"太令人难受了，这二十二年许红梅完全虚度，她估计错误，她一心以为少年的她可以爱上中年的他，那么，少年的他也会同样回报，事与愿违。"

"但是，列嘉辉从头到尾尊重她，他非常孝顺她。"

"更加令这件事惨不忍睹。"

小郭感慨，"时间，太会同我们开玩笑。"

求真忽然抬起头来，"谁，谁来了？"

她耳朵尚如此灵敏。

小郭站起来，掀开窗帘，看到一辆车子轻轻停在门前，他吓一大跳，"见到列嘉辉同许红梅，他俩又在一起了！"

"嘘，别乱喊。"

那对年轻男女前来敲门。

求真立刻迎他俩进来。

真是一对璧人，看上去舒服无比，他们紧紧依偎着。

"求真，"许红梅一直这样唤她，"嘉辉同我，发觉尚有挽回的余地。"

"那多好，"求真温和地说，"那真是注定的。"

"我同他都不大记得从前的事，听琦琦说，你这里有记录，可否给我们一看？"

求真咳嗽一声，"看来做甚？"

许红梅天真地说："有助我们互相了解呀。"

"咄！"求真低喝一声，"过去的事，最好通通忘得一干二净，一切均自今日开始，明白没有？"

列嘉辉笑，"她想查我历史。"

许红梅也笑，"他过去不知有多少异性知己。"

这是典型恋爱中男女心态，既喜又悲，患得患失，求真十分了解。

"听我的话不会错。"

许红梅凝视列嘉辉，"你不会再犯过去的错误了吧？"

"我何曾有错。"

"那我何故与你分手？"

"全属误会，"列嘉辉转过头来，"女孩子最小心眼。"

小郭晴在一旁眼睛瞪得像铜铃。

经过半世纪的沧桑，他们终于可以在一起痛快地恋爱了。

小郭咽一口涎沫，看着这一对年轻男女，忽然由心底笑出来，"对，女孩子小心眼，男孩子鲁莽，现在你们之间的误会已经冰释，还待在此地干什么？回家去吧。"

列嘉辉与许红梅手拉手，相视而笑。

许红梅说："我真的一点都不记得你对我做过些什么可怕的事。"

列嘉辉"哼"一声，"说不定是你辜负我良多，此刻把话倒过来说。"

求真心想，谁欠谁都好，千万不要再错过这一次机会。

许红梅说："求真，我们打扰你也够多了。"

"不妨不妨。"

他们各自撇下异性伴侣，重回对方怀抱，如余宝琪、林永豪那样的人，无辜做了他们的插曲。

"仍在本市居住？"求真问。

列嘉辉答："你来过我们家，你知道那里环境不错。"

呵，那位管家先生会怎么说？

果然，许红梅说："那处什么都好，就是有个怪管家，老喜欢瞪着人看，好像不认识我们似的。"

求真只得笑。

"不过他服务实在周到，算了。"

求真送他们出门。

"求真，有空来看我们。"

求真也说："对，我们要保持联络。"

只见列嘉辉先开了另一边车门，侍候许红梅坐上去，关好车门，自己才坐到驾驶位上。这是上一个世纪中的规矩。那个时候，女性身份娇矜，男伴以服侍她们为荣。

到了世纪末，风气大变，女性不得不自宝座下来，协助抵抗通货膨胀，结果做得粗声大气、蓬头垢面、情绪低落。

二十一世纪终于来临，各归各，负担减轻，却更加寂寞，忽然看到这一幕旖旎的风光，求真有点怔怔的。

再回到屋里的时候，小郭已经走了。

他那种神龙见首不见尾的作风，比他叔公尤甚。

他带着许红梅那五张磁碟一起离去。

求真看了当日新闻，便休息了。

一连好几日，她都努力写作，电脑终端机密密打出她的原稿，一下子一大沓，求真无限感慨，这就是她的岁月，这就是她的河山。

过两日，求真家来了一个不速之客。

他是列宅的管家。

求真曾蒙他礼待，故对他也相当客气。

那位中年人一坐下便说："卜小姐，我已经辞职不干，你替我做个见证。"

求真一怔。

"将来列先生回来，你代我美言几句，我是不得不走。"他恼怒地说。

"有事慢慢说。"

"我同那一对年轻人合不来，他们要拆掉屋子的间隔，重新装修，我剧烈反对无效，只得辞工。"

求真颔首。

"他们到底是谁？列先生与老太太又去了何处？"

求真无言。

"他们是否合法继承人？卜小姐，我是否还要将他们告到派出所去？"

"相信我，他们是合法的。"

"那年轻男子的确长得像列先生，难道是——"他噤声。

216

求真温婉地说:"辞了工也算了,列先生不会亏待你。"

管家不语,过一会儿又说:"我准备退休,哪里再去找列先生那样好的东家。"

"你做了多久?"

"整整十一年。"

"可以领取公积金。"

"列先生走之前已经发放给我,"他停一停,"卜小姐,他们倘若回来,请告诉他们,我随时出来帮他们,这是我家地址。"

"没问题。"

管家又说:"那对年轻人真怪,一时好几天不眠不休,一时数日足不出户,发起脾气来乱摔东西,可是过一阵子又对着傻笑,甚至看着对方呆呆落泪,精神似有毛病。"

求真想,呵,自古热恋中男女是这般怪模样。

"不怕,不怕,他们没事。"

管家气道:"我不想再看下去了。"

"您多多保重。"

"幸亏有卜小姐这样殷实的人为我做见证。"

求真唯唯诺诺。

二十一世纪了，能有多少人可以有资格什么都不做，也不理世间发生些什么，专心一意，疯疯癫癫谈恋爱。

列嘉辉与许红梅终于如愿以偿。

求真拨电话给琦琦。

有一位小姐来接听，"我是新房客，立刻就要把电话号码改掉。"

"打扰了。"

"你的朋友没有把新号码给你吗？"

"想必是忙，忘记了，稍迟也许她会同我联络。"

对方有点同情求真："静静等一会儿吧，她想找你，一定找得到，不要到处去搜刮她。"

"谢谢你的忠言，我省得。"

那陌生人十分识趣。

琦琦想静，就让她静一阵子吧。

友谊不灭，友谊不是搁着就冷的一样东西。

求真清心工作了一个月。

小郭晴没有出现，但是十分周到，常差人送可口精致的食物给他的前辈。

一时是鱼子酱，一时是油爆虾，一时是巧克力蛋糕，一时是一箱香槟。

到后来求真也不客气了，索性点菜："弄客清淡点的沙拉，还有，会不会做粤式点心？"

求真自觉有点福气，郭家的男丁居然都成为她的好友。

她没能靠到祖父、外公、父亲、叔伯、舅舅、兄弟、姐夫、丈夫，可是有小郭来体贴她，真是一种奇怪的缘分。

再过了几天，小郭终于到访。

带着一个大大的公事包，见到前辈，问声好，坐下来沉思。

求真莞尔，"缘何像煞有介事？"

"关于许红梅同列嘉辉——"

求真打断他，"该案已经了结。"

"实不相瞒，这一个多月来，我仍然对他俩明察暗访。"

"发现了什么？"

"一切都是真的。"

"咄。"

　　他打开文件夹子，取出一大沓放大照片，全部平放在地毯上。

　　他同他叔公一样，不喜用先进的幻灯片装置。

　　"看。"

　　求真一眼扫过去，照片中全是许红梅与列嘉辉。

　　没有什么不对呀？

　　"仔细看。"

　　求真又瞄了一下，照片拍得极好，主角像是特地在镜头前摆姿势似的。

　　求真摊摊手，表示莫名其妙。

　　小郭"啧"一声，"你没发觉，他们老了。"

　　求真哑然失笑，"人当然会老——"说到一半。猛然想起，立刻住口。

　　啊，原医生说过，这两个人要是恋爱，会迅速转老。

　　求真连忙蹲下取起照片细细观察。

　　不错，老了。

　　照片中标着日期，最近一张摄于昨日，许红梅已是一名少妇，面孔上肌肉略见松弛，显得有点浮，少女时秀气的轮廓消失，笑时眼角嘴边细纹毕露。

求真抬起头，感觉十分凄凉。

小郭大惑不解："人，怎么可能老得那么快？"

求真轻轻答："他们不是普通人。"

"原医生到底做了些什么手脚？"

求真不知如何形容才好。

可是小郭晴绝顶聪明，"这是对有情人的惩罚是不是？"

求真点点头。

小郭忽然抛出一句诗，"呵，自此人生长恨水长东。"

求真啼笑皆非地摇头，"不不不，不是这句，你不熟古诗，应该是天亦老。"

小郭像是第一次听到这句诗，十分震惊，"呵，太过贴切了，形容得真好。"

求真说："据原医生了解，我们都因有情而老，不过速度较缓慢，原来爱恋的情绪使我们身体产生更多衰老内分泌。"

小郭又说："多情却被无情恼。"

他又用错了。

小郭说："世上无奇不有，我得把这件事配以图片记录下来，这也是我开始做笔记的时候了。"

"打算留给令郎？"

小郭摇摇头，"我不认为我会结婚。"

"独身主义？"

"明知自己太多旁骛，何必令家人寂寞？"

"言之过早，你还年轻。"

小郭说："不过我弟弟早婚，已有两个孩子，一男一女，那男孩与我感情融洽。"

呵，那也是一名小郭。

"几岁。"

"五岁了。"

求真微笑，"稍等数年，你衣钵承继有人。"

"我也是那样想。"

那倒真是美事，一代传一代。

小郭站起来，"这套照片我留给你，我会继续向你报道这件事。"

"谢谢你。"

小郭走到门口，又转过身子来，"我认得一位师傅，他会做生煎包，咬下去一口汤，一口肉，哗——"

"每样半打。"

"要趁热吃。"

"是。"

小郭去了。

求真把照片逐张收拾好，放在一旁。

以这种速度算来，不消一个多月，列嘉辉与许红梅已会成为中年人。

到了年底，他俩已经苍老。

求真震荡。

幸亏这个时候，电话铃响了。

"卜求真，我是你老同学曾莹忠。"

求真记得这位小姐，"好吗？"

曾女士的声音烦恼无比，"不好。"

噫，有什么事？对这个年纪的女性来说，只有两件事可叫她们不安，一是子，二是女。

"孩子们有问题？"

"求真，我只得一个女儿，你是知道的。"

"呵，是，"求真打趣她，"你那宝贝晚生儿，少年也已成年了吧?"

"就是那小家伙。"

"不小了。"

"也许错误就在这里，我一直把她当作婴儿处理。"

"你请过来面谈可好?"用到处理二字，可见情况严重。

"我在公司里，走不开。"

求真"咄"一声，"你要走，谁会抱着你双腿哀求痛哭，真是废话，再进一步，您老人家要是在这刹那毒发身亡，公司又难道会垮下来不成。"

那边静一会儿，"我马上来。"

求真"嗤"一声笑了。

真是糊涂，真以为自己一柱擎天，没有他世界会不一样。

过一会儿，曾女士驾到，手上还提着公事包，无线电话，以及小型电脑。

奴隶，真是红尘中的奴隶。

"关掉，通通给我关掉，什么年纪了，都行将就木，还处处看不开。"

曾女士拢一拢鬓边那撮银灰色头发，尴尬地坐下来，长叹一声。

求真这才拍拍她的膝头，"来，喝杯咖啡，慢慢说。"

"小女恋爱了。"

"那多好，彼时你不是老希望多活几年，可以看到女儿成家立室吗？"

"求真，她的对象，比她年长二十多年。"

求真一怔，多么熟悉的故事。

曾女士几乎哭出来，"劝她什么都不听。"

"对方是个什么样的人？"

"无耻之徒！"

求真笑出来，"客观些。"

曾女士无精打采，"对方是名建筑师，四十七岁，已与妻离异，有两名子女，是小女同学。"

"条件很好哇。"

"你吃撑了，求真，人的寿命有限，她的母亲已经比她大好几十岁，不能照顾她多久了，自然希望她有个好归宿，找个年纪相若的伴侣。"

求真揉着额头，发觉太阳穴隐隐作痛。

这是怎么回事。"老友，令千金只不过在谈恋爱，她未必会同该位仁兄订下终身盟约，还有，即使嫁他，也有机会分开，人生充满奇缘，下一位伴侣，许还比她小十多二十岁。"

"哎呀，"曾女士叱一声苦，"你这张乌鸦嘴，求真，我真是失心风了才会跑到你这里来。"

求真既好气又好笑，看着这个心急如焚的母亲，"你希望听到什么好话？"

"我以为你会帮助我劝劝她。"

"要听劝告的是你，给她自由，你并不拥有她。

"她无须遵你的旨意生活；放开怀抱，支持她，爱护她，不要干涉她恋爱学业事业以及其他一切选择。"

曾女士呆半晌，"你懂什么，你又没有子女。"

"那你为什么来找我。"

"我想你会比较客观。"

门铃叮当响。

求真"噫"一声，客似云来，她欠欠身去开门，门外站着列嘉辉与许红梅。

求真大乐，"二位恋爱专家来得及时，有事请教。"

许红梅扬起一角眉毛，"求真你真会揶揄人。"

她已经改了装束，不再作少女打扮了，求真看到松口气，这表示她心态亦随着外形一起成熟，一身黑色便服十分符合她身份，求真自觉与她距离拉近。

"我替你们介绍，我的老同学曾女士是位有烦恼的母亲。"

许红梅笑，"呵，又多一位朋友。"

曾女士并不介意向陌生人吐苦水，"许小姐，你说，你会不会爱上比你大二十多三十岁的异性？"

许红梅笑不可抑，"我当然会，怎么不会。"她深情款款看向列嘉辉。

曾女士怔住，大胆发问："有幸福吗？"

许红梅温柔地答："可是，幸福是另外一件事，幸福同恋爱不挂钩。"

曾女士瞠目结舌，"难道恋爱目的，不是为着一个幸福家庭？"

许红梅笑不可抑，"不，恋爱并无目的。"

曾女士咋舌，大惑不解，"费那么大的劲，却无目的？"

列嘉辉一直站在一角不出声，到这个时候，也不得不笑道："是，太太，你说谈恋爱是否愚不可及。"

曾女士细细回味他的话，然后猛然抬起头来，"阁下是谁？你并非那个比她大三十岁的人。"

列嘉辉不语，退后一步。

求真打量列君，此刻，他的年纪又恢复到她第一次在船上见他那个模样。

"列先生，真高兴见到你。"她与他握手。

"我有同感。"

许红梅说："求真，你与老朋友叙旧吧，我们改天再来。"

求真识趣，追上去低声问："今日有何贵干。"

许红梅看到求真眼里去，"你认识一位叫郭睛的私家侦探？"

"他怎么了？"

"此子一直盯我们梢，一日被嘉辉抓住，一记左勾拳，他叫出来说是你朋友。"

求真不得不承担，"是，他的确是我亲厚的小友，他是小郭先生的侄孙。"

"呵，求真，想不到你有这样一个忘年之交。"

求真代为致歉，"不幸所有私家侦探都行动闪烁鬼祟。"

"自然，探人隐私，原是见不得光之事。"

求真有些代小友汗颜。

许红梅说："求真，请你同郭某说一声，别再继续这种勾当，否则嘉辉会对他不客气。"

求真只得应允。

"再说，"许红梅嫣然一笑，"嘉辉与我即将出国旅游，私家侦探也跟不到。"

列嘉辉过来与求真紧紧握手，"求真，我们下次再来看你。"

求真说："记住，是很近的将来，别等我百年归老的时候再来。"

列嘉辉与许红梅双双退出。

这个时候曾女士失声问："这一对男女是谁，长得那么漂亮？"

求真颔首，"这便是传说中的一对璧人。"

"没想到求真你有那么出色的朋友。"

"当然，你以为我所有的相识都似你这般草包。"

曾女士并不生气，呆半晌，说："我看穿了，随他去吧。"

求真劝道："儿女做什么你都反对，你又不能提供更好的选择，对年轻人的世界也不甚了解，日子久了，他们会疏远你。"

曾女士低头不语。

正在这时，门外有汽车喇叭声，求真掀起窗帘一看，"噫，令千金来接你了。"

曾女士喜出望外。

"快上车，又不是叫你去同比你大三十岁的异性谈恋爱。"

曾女士给求真一个白眼，开门出去与女儿会合。

求真十分羡慕，到底是有儿女的好，生气也有生气的乐趣，一下子雨过天晴，母女俩双双逛街去。

过一日，郭晴来了，一声不响，坐在求真对面。

求真看到他面孔，吃一惊，没想到列嘉辉左勾拳威力如此厉害，小郭晴右眼又青又肿，睁不开来，只剩一条线。

"有没有看过医生？"求真紧张。

"无碍视线。"小郭无精打采。

"列嘉辉心狠手辣。"

"这自然不在话下，"小郭说，"是我不好，我自己不够小心。"

求真说："是，我们无权去探他隐私。"

"他俩已于今早乘船出发旅游。"

求真松口气，"那好了，我们再也不要管他们的事了。"

"你打算怎么样。"求真一半好笑一半好气。

"我早在豪华游轮企业号上伏下眼线。"

求真讶异，"噫，你果真没完没了，惹上你真是蛮痛苦的一件事。"

本是讽刺语，可是小郭一本正经严肃地答："是。"

求真笑了，"你还想知道什么？"

"他们感情进展状况。"

"与我们有关吗？"求真质问。

"叔公穷一生之力追查列许二人的感情历程，我有义务承他遗志续查，以便档案完整。"

"当心你另外一只眼睛。"

小郭恨恨地说："那厮力气怎地大，这是我侦探事业中之奇耻大辱。"

求真劝道："你自己也有错呵。"

"我有错，他就该出手打人吗？已经长得那么英俊，又富有，还不够吗，还能随便打人？"

求真觉得小郭这几句话已无逻辑可言，十分感情用事，"你一直不喜欢他。"

小郭毫不讳言，"是，我不明白一个人为什么可以得到那么多，包括二度恢复青春。"

"你嫉妒？"

"是。"

"嫉妒是很坏的一件事。"

"是。"

"你是否会考虑控制你的情绪？"

小郭指着青肿的眼睛问："你是我，你会怎么样？"

求真叹口气，"我会恨他。"

"谢谢你，卜女士，你是个公道的人。"

求真不住摇头。

"所以我会一直盯住列嘉辉。"小郭悻悻然地说。

那块鸽蛋般大小的青肿要两个星期后才消失，小郭右眼却红筋密布。

他一直未得到列许二人的消息，直至一日，船停在斯里兰卡，列许二人上了岸，没有再回到船上。

船长并没有寻找他们，看情形早已得到消息，他俩会在此站告别。

但是小郭明显地吃了败仗，他闷闷不乐，一边叮嘱世界各地行家代为寻找二人，一边追问求真，他们最可能在何处落脚。

求真说："让我想，斯里兰卡不错呀，印度洋之珠，风景秀美，可惜天气稍嫌炎热……还是南太平洋几个岛屿可爱，你有无听过法属马克萨斯群岛与苏改阿蒂群岛？其实，文明都会也有优点，巴黎有巴黎的风光，还有，新奥尔良也有特色，火奴鲁鲁更加——"

求真还想讲下去，忽然发觉小郭瞪着她。

瞪眼，自然是表示极度不满，求真只得说："不，我不知道他们去了何处。"

"一点线索均无？"

"他俩财宏势厚，无拘无束，又懂得享受，去到哪里不一样。"

"你的意思是，再也找不到他俩？"

"世上那么多人，如恒河沙数，那一男一女，要是决心躲起来谈恋爱，如何去找。"

小郭抬起头，如有顿悟，呆半晌，才说："无法找了。"

求真听了这四个字，十分高兴，附和着说："是，无法找了。"

小郭默默离去。

求真十分宽慰，及时放手是太重要的事，一味死缠烂打，容易走火入魔。

真气走入岔道，影响身体正常运作，有碍养生。

接着的一年内，小郭都不再提到列嘉辉与许红梅二人。

他努力整理叔公的文件，把他早年的案子，以短篇小说形式发表，文字经卜求真润饰，推出之后，大受读者欢迎。

"比一般虚构的推理小说合理得多了。"

"人情味浓郁，犹胜曲折剧情，当事人是个有情人。"

"没想到真实世界里有那么多阴暗悲哀的故事。"

"最有趣的是，郭大侦探永远苦苦哀求事主不要追查真相。"

"原来一件事的真相是世上至恐怖的事。"

求真老怀大慰。

总算为小郭先生尽了一点绵力。

但是他的侄孙却困惑了，"版税与稿酬加一起，几乎足以支付生活费用，那么，侦探社还开不开？"

求真笑了。

"我打算把业务交给好友，待叔公的故事全集发表完毕，才重操故业。"

"那可能是三十年后的事。"

"无须那么久，十年八年够了。"

"那么，小郭晴，你得祈祷我得享长寿。"

"你一定超过百岁。"小郭不假思索。

"不过，"求真说，"一年半载之后，你的文字也许已经磨炼得法，不用任何人辅助。"

小郭深情款款地说："我永远需要你。"

求真侧头一想，从来没有人对她说过那样的话呢，不禁激动起来。

"有一家素菜馆，妙不可言，我已订了台子，一起去大快朵颐。"

求真欣然赴约。

那个晚上，求真看到了小郭的女伴。

原来他特地请长辈来会一会他的意中人。

那女郎艳丽、温柔、懂事，蓄着长发，有种特殊风情，很少言语，只是微笑。

叫求真想起一个人：琦琦。

遗传因子终于发作，小郭不但承继了叔公的事业，对异性伴侣的选择，也一如叔公般品味。

求真感慨万千，她仍然不明白时间去了何处，一时它过得太快，一时它又过得太慢，可是刹那间，它一去无踪，现在，连第三代都事业有成，快成家立室了。

求真喝了几杯，忽然说："郭晴，要不就结婚吧。"

小郭一怔，笑了，"长辈最喜欢参加婚礼。"

求真怕他一耽搁下来，就会步叔公后尘。

这时，小郭转头看着女伴，"那，你愿不愿意结婚呢？"

女郎笑吟吟，"今晚来不及了，总得明早。"

求真说："明早就明早。"

小郭说："明朝还有明朝的事，明朝再说。"

求真无法不摇头叹息，当年小郭也这么诸多推搪，终于弄假成真，结不成婚。他俩把求真送回家。

那夜，求真看到琦琦的信。

"求真，读到你们整理过的小郭探案故事，时光仿佛倒流，回去三十年不止，细节历历在目，然而已经物是人非，小郭其实并非一流侦探，他太有原则，太富感情，办起事来，感情丰富，懒洋洋，又开始怀念他了，无休无止，希望将来去到那更美好之地，我俩可以重逢，琦琦字。"

大家还能在另一个地方聚头吗，照样聊天扯淡东家长西家短，完了饱餐一顿，开瓶好酒……求真叹口气，她把信笺压在镇纸下。

这一年过得特别宁静。

求真叫人来整理花园，园丁是个年轻小伙子，求真要求他种紫藤，用手势形容花串挂下摇曳曼妙之姿，谁知他摇摇头，"多虫子。"

叫他种"滴血之心"，他又说："花种难求。"

求真叹口气，世事古难全，"那么，玫瑰花吧。"

小伙子眉开眼笑，"有，方便。"

小郭探案故事继续在当地一张著名日报上发表，读者人数之多，取得压倒性胜利。

求真想趁机推出列嘉辉与许红梅的故事，奈何欠一个结局。

夏季到了，求真偶尔也会到园子坐坐。

一日正在树荫下阅报，忽然有一部车子轻轻停在门前。

求真抬起头，只见司机下车，拉开车门，轻轻扶出两个老人。

求真呆住了，她第一眼先看到那白发婆婆，吃一惊，脱口而出喊道："红梅！"

是，正是许红梅，她又老了，正缓缓向求真走来，朝求真笑了一笑，啊，一张脸犹如干梅一般，皮肤皱在一块，瘦且小，只余一双眼睛，仍然炯炯有神。

"求真。"

求真此刻又成为她的小辈。

许红梅打扮得非常整齐，她把手套缓缓除去，紧紧握住求真的手。

求真问："要不要进屋子去，怕不怕风大？"

"阳光很好，就在这里坐一会儿好了。"

在她身后的是列嘉辉，他拄着拐杖，仍然风度翩翩，欠一欠身，"求真，你好。"

求真由衷地欢喜，"列先生，你好。"

他俩终于一起终老。

"请坐。"求真让座。

"你们俩谈谈，我去巡一巡园子，花床打理得很好，嫣红姹紫开遍。"

许红梅轻轻转动一下颈上的珍珠项圈。

"红梅，你果然没有食言，你回来看我了。"

"我还不至于连这样的诺言都守不住。"

"是我多心多疑。"

许红梅微笑，"求真，你我一见如故。"

这一贯是交代要事的开场白，人到了这样的年纪，要交代的是什么，不难明白。

求真不肯接受事实，顾左右言他，"你有没有再同列先生结婚？"

许红梅的听觉仍然相当好，当场答道："我想，只有我才能说，一纸婚书，对我俩来说，已不算一回事。"

求真笑得弯腰。

"求真，我俩因为相爱，衰老得快。"

可恨原医生的手术有缺憾。

"可是这一年内每个日子，我们都奇妙地度过，开头，我们是一对不相识的年轻人，身边各有伴侣，然后，我们钟情对方，跟着，我们一心恋爱，原医生成全了我俩，我们衷心感激。"

求真静静聆听，"那多好，最主要是当事人高兴。"

"现在我俩已白头偕老，求真，我已无所求。"

求真握住她的手，"红梅，你浓缩的一生十分精彩。"

"是呀，都无暇理会世界大事，民生疾苦，生活细节。"

看得出通货膨胀、物价高企与他们一点关系都没有。

"呀，"许红梅凝视花畔的列嘉辉，"我们真是太幸福了，倘若再活那么三五十年，少不得日久生厌，初而口角，继而分手，现在多好，我们没有时间闹意气，亦无机会见异思迁。"

求真颔首。

"现在我们回到老家来终老。"

"是否要我做些什么。"

红梅摇摇头，"也没有什么可做的，我同嘉辉的财产全部捐赠大学做奖学金，日常生活也不乏人照顾，我们真正可以安享晚年。"

心境那么平和，真正令人高兴。

"老朋友只要能够时时见面，余愿已足。"

"我一定常常来。"

"我们仍住在老宅里。"

这时，列嘉辉已走近。

许红梅笑道："他来催我了。"

他不舍她把时间用在别人身上。

许红梅先上车，列嘉辉跟求真说："一晃眼，她已满头银丝，可是在我眼中，她永远是个少女，你觉得她老吗？我不觉得。"

求真微笑。

"我仿佛昨天才认识她。"

黑色大房车缓缓驶走。

求真目送车子在弯角消失，放下心头大石，故事终于有了结局，她可以发表这一则传奇了。

为着纪念小郭先生，她仍把故事列为小郭探案系列之一。

故事一开始发表，郭晴便找上门来。

"他们回来了。"猜得很准。

"是。"求真并不企图隐瞒。

"他们现在是什么样子？"

"许红梅四只眼睛，列嘉辉的手足变为触须。"

"姨婆，请莫难为小辈。"

"看上去，他们似一对老人。"

"是很整齐漂亮的老人吧？"

求真点点头，"他俩自有专人服侍生活起居。"

郭晴想了一想，"晚年生活有着落，是很要紧的事吧？"

求真哑然失笑，"你说呢？"

"那么，要从何时开始为安享晚年做出准备。"

求真又反问："你说呢？"

"不用现在开始吧？"郭晴充满疑惑，"我才二十六岁，再过十年差不多？"可是他也不十分肯定，"抑或越早越好？岁月过得太快，转瞬间又一年，我该怎么办？"

求真拍拍他肩膀，"晚上有空慢慢想通此事。"

"你呢，姨婆，你几时开始筹谋晚年生活。"

"说来话长，你有没有六小时？少一分钟都讲不完我的辛酸史。"

"人到了一定年纪，必定有点伤心史吧。"

求真似笑非笑看着他，"你想查姨婆的背景？"

小郭嘻嘻笑。

过一会儿，他问："他们仍住在老宅里？"

"不要再去骚扰人家了。"

小郭想一想，"我添置了一些仪器，让我这样说，他们不会发觉有人骚扰他们。"

"小郭，你好比一只臭虫。"

小郭侧头想一想，"在叔公的语录中，从未提及有人叫他臭虫。"

"你怎么能同你叔公比。"

"是，他已逝世，得到的尊重，一定比我多千万倍。"

求真回忆到青年时与小郭先生争执的情形，她有叫过他不堪的称呼吗？从来没有，她一直敬佩他。

"请勿惊动二位老人家，不然我不会放过你。"

"得令。"

这次，小郭拍摄回来的是电影片断。

据小郭说，摄影机在一百公尺以外的山坡上，拍摄列家大宅的后园。

看日影时值黄昏，列嘉辉与许红梅正对弈，一人一步，其味无穷。

镜头推近，求真发觉他们玩的是一副兽棋，即大象吃老虎，老虎吃狗，狗呛猫，猫吃鼠，鼠又吃大象那种儿戏，求真莞尔，正是左右不过是玩耍取乐，何必深奥无比。

只听得列嘉辉问许红梅："凉不凉？"想把外套脱下搭她肩上。

可是立刻有看护上前为她加衣。

许红梅对列嘉辉一笑，缓缓站起来，把手臂穿进他的臂弯，"进去吧。"

"不多坐一会儿？"

"我觉得有人在偷窥我们。"

听到这句话，求真的脸都涨红了。

片断中止。

郭晴说："老太太真厉害。"搓搓手，吐吐舌头。

"你满意了？"

"满意。"

卜求真也很高兴。

过了两日，她正阅读，忽而眼困，轻轻倚在安乐椅上，不知不觉堕入梦乡。

开头睡得非常香甜，四周一片宁静，求真甚至同自己说，就此一眠不醒，也没有什么遗憾，稿件已全部写妥，搁案头上，她也没有什么事情需要交代，心境平安，毫无牵挂。

正在享受，忽见一人影冉冉入梦来，风姿绰约，朝求真招手。

求真定睛一看，来人却是许红梅。

许红梅年轻貌美，穿着上一个世纪式样的华服，笑吟吟说："求真，难为你一直对我好，今日我回去，你也不来送我。"

求真怔怔地道："你忽老忽小，我一时不知是你。"

红梅叹口气，"求真，再见了。"

求真抢上前，"你去何处。"

正在此时，"嘭"一声响，求真自梦中惊醒，睁开双眼，只见案头大水晶花瓶摔倒在地。

她顿觉跷蹊，自椅上跃起，披上外套，驾车往列宅驰去。

新管家前来开门，说："老先生正休息——"

被求真一掌推开，一径闯进。

看护迎上来，"什么事，这位太太找列先生何事？"

"他们在哪里？"

"在书房——"

求真没听完她的话就奔过去推开书房门。

他们的确在书房里。

一架老式录音机正在轻轻播放一首不知名的老歌，歌手情意绵绵，哼出纠缠的字句。

许红梅躺在长沙发上，列嘉辉蹲在她身边。

"红梅！"求真唤一声。

两个人动都不动。

看护立刻趋前去观察。

这时，求真反而驻足不前，她缓缓伸出手，按熄了录音机，她听到的最后一句歌词是"要不是有情人跟我要分开，我眼泪不会掉下来掉下来"，求真低下头。

看护错愕地抬起头来，"十五分钟前，我才服侍他们服过药。"

求真轻轻问："他们平和吗？"

"你来看。"

求真走近一步，只见许红梅像睡着了一样，双手搁胸前，异常安乐；列嘉辉伏在沙发扶手上，一手按住许红梅的手。

求真点点头，他们仿佛还在对话，刹那间，动作与声音凝住。

看护说："我马上去通知王律师以及陆医生。"

求真缓缓退出。

大宅马上骚动起来，用人们都聚集在会客室议论纷纷。

求真觉得此处已没有她的事，便静静自大门离去。

各人竟没有注意到她走开，这神秘的女客来了又去了，稍后律师与医生都会问及她是谁，可是没人能够回答。

求真驾着小小房车，并没有即时回家，她把车开到郊外一个悬崖。

在小路尽头，她停好车，下车慢慢朝山坡走去。

她知道山坡上有一块极其葱绿的草地，在草地上，有一座灯塔，灯塔的另一边是悬崖，悬崖下是大海。

求真很熟悉这个地方，她常常来，不一定在心情欠佳的时候，高兴之际也喜欢来看看蓝天白云碧海，只是爬这个山坡上，颇需力气，近年她不大上来。

今日她虽然慢慢地走，也略觉气喘。

可是花些力气挨上去，她会得到报酬。

终于看到那座灯塔了，求真松口气。

可是，站在灯塔脚下，背对着她，站在悬崖边看海的高小子是谁？

连背影都那么俊朗潇洒，穿件黑色长风衣，山顶劲风吹来，衣袂飘飘，更添一股出世脱俗味道。

求真迟疑了。

没想到有人捷足先登，比求真更早，到这座灯塔边来冥思，别看那块草地那么大，其实只能容一个寂寞的人，一颗孤独的心。

求真想打回头。

她不欲骚扰那高小子。

刚想转头，那人似听到身后有动静，蓦然转过头来。

求真喜出望外，"原医生！"

可不正是浪迹天涯，可遇不可约的原医生。

"求真。"他的声音永远那么热情。

他过来紧紧握住求真的手。

从他头发凌乱的程度看来，原医生站在悬崖边，已经有一段时间。

他在这里干什么？求真纳罕。

但是原医生却知道她为何而来。

他一开口便说："你已同列嘉辉与许红梅二位道别了吧？"

求真点点头，十分怅惘。

"时间也差不多了。"

求真无奈地说："我总是勘不破生关死劫。"

原医生说："人类天性是喜聚不喜散的多。"

求真叹口气，"若有好，就必有了。"

原医生拍掌道："好了好了。"

求真只得苦笑，过一会儿问："你呢，原医生，你神仙似人物，为何到山顶来静思？"

原氏一呆，"你说什么，求真，你为何那样形容我？"

求真抬头，看到他双眼中充满哀愁。

"求真，我是千古第一伤心人，请你别再打趣我。"

"你?"求真冲口而出,"你英俊豪迈,无拘无束,才高八斗,相识遍天下,怎么还要伤心?"

原氏连忙摇头,"不敢当不敢当,我是一个极之委琐憔悴的人,只不过有点奇遇而已,手术又不够精湛——"他额角冒出汗珠来,"唉。"

"可是,我朋友琦琦经你诊治之后,外形无懈可击。"

"啊,琦琦,她有恩于我的朋友,我的朋友又有恩于我,不然我也不会做这种表面功夫。"

求真笑了,表面功夫,说得真好。

"风太大了,求真,我送你下去。"

"不,"求真答,"原医生,我知道你必定也在此哀悼一位敬爱的朋友,我自己下山得了。"

"多谢你,求真。"

"我可以明天再来。"而原氏明日不知要去宇宙哪一个角落。

"再见,求真。"

求真转身,一步步缓缓朝山下走去。

下坡路轻松得多,风又大,在背后一直送求真,求真毫不费劲噔噔噔就到了车子旁边。

就像四十岁以后，一年一年又一年，不知为什么过得那么快。

她抬头看看天，紫色的晚霞已经笼罩下来。

求真连忙低下头，驶走车子。

第一次看这样颜色的晚霞，是在哪一年同哪一个人呢？唉，得好好想一想，当时年少，衣衫又窄又薄，看见什么都笑，笑声一直似银铃……

图书在版编目（CIP）数据

天若有情 /（加）亦舒著 . —长沙：湖南文艺出版社，2017.9
ISBN 978-7-5404-8187-2

Ⅰ . ①天… Ⅱ . ①亦… Ⅲ . ①长篇小说 – 加拿大 – 现代 Ⅳ . ① I711.45

中国版本图书馆 CIP 数据核字（2017）第 148727 号

上架建议：畅销·小说

TIAN RUO YOU QING
天若有情

作　　者：[加] 亦舒
出 版 人：曾赛丰
责任编辑：薛　健　刘诗哲
监　　制：毛闽峰　赵　萌　李　娜
特约监制：刘　霁　郑中莉
策划编辑：李　颖　沈可成　谢晓梅
文案编辑：王　静
营销编辑：贾竹婷　雷清清
封面设计：张丽娜
版式设计：李　洁
出版发行：湖南文艺出版社
　　　　　（长沙市雨花区东二环一段 508 号　邮编：410014）
网　　址：www.hnwy.net
印　　刷：北京鹏润伟业印刷有限公司
经　　销：新华书店
开　　本：775mm×1120mm　1/32
字　　数：156 千字
印　　张：8
版　　次：2017 年 9 月第 1 版
印　　次：2017 年 9 月第 1 次印刷
书　　号：ISBN 978-7-5404-8187-2
定　　价：38.00 元

质量监督电话：010-59096394
团购电话：010-59320018